静山社文庫

# 若さま料理事件帖 庖丁の因縁

池端洋介

目次

江戸時代、各藩には御留流《おとめりゅう》と呼ばれる門外不出の秘伝が伝承されていたが、これは必ずしも武術に限ったものではなく、たとえば本来将軍家の弓馬術であった小笠原流や、磐城平《いわきたいら》藩主であった安藤家に伝わる茶道のほか、華道、香道、舞踊など多岐《たき》におよぶ。

中でも特異だったのが水戸《みと》藩に伝わる庖丁術《ほうちょうじゅつ》で、これは天下の副将軍と呼ばれた徳川光圀《とくがわみつくに》（一六二八―一七〇〇）が食した料理とその調理法を、秘伝として口承《こうしょう》したものである。光圀は、五代将軍綱吉《つなよし》（一六四六―一七〇九）の生類憐《しょうるいあわれ》み令を無視し、牛、豚、羊等の肉類、チーズ、牛乳、餃子《ギョーザ》、ラーメン等を好んで食し、公家《くげ》や将軍家にも密《ひそ》かに献上したという。これが単に光圀の酔狂《すいきょう》から出たものなのか、あるいは「薬食い」と言われるように、当時の上流階級に浸透していた不老長寿願望を利用しようという目的があったのか、文献も残されず、後継者もいなくなった現在となっては、定かではない。

水戸藩の末席家老の家系に生まれた佐々木平八郎《ささきへいはちろう》は、剣客《けんかく》といわれた祖父譲《ゆず》りの腕前をもちながらも、料理の道にのめりこんでいった。

水戸御留流を自ら極《きわ》めたいと……。

N
千住
日光街道
根津
橋場
小石川
新吉原
向島
護国寺
本郷
上野
中山道
伝通院
浅草寺
不忍池
下谷広小路
姿見橋
下谷
浅草
湯島天神
吾妻橋
小石川門
蔵前
大川（隅田川）
本所
牛込
牛込門
水道橋
神田川
神田
浅草門
筋違橋
両国橋
両国
竪川
日本橋
麹町
江戸城
大手門
四谷門
日本橋
新大橋
元吉原
甲州街道
北町奉行所
深川
赤坂門
鍛冶橋
八丁堀
永代橋
南町奉行所
京橋
霊岸島
大山街道
虎ノ門
数寄屋橋
溜池
赤坂
築地
新橋
東海道
赤羽橋
麻布
芝

# 若さま料理事件帖　庖丁の因縁

# 第一章　千住の蒲焼き

## 一

灼熱《しゃくねつ》の太陽が地を焦《こ》がし、大川が沸騰《ふっとう》して湯気でも立ちのぼっているかのような暑い日だった。

涼しげな桔梗色《ききょういろ》の着流しを着た浪人風が、そよとも風の吹かぬむせ返るような土手を、先ほどからぶつぶつ言いながら、行ったり来たりしている。

「あれ。おかしいな。無《な》いなあ」

浪人風は、ちゃぷちゃぷと音のする波打ち際をのぞき込んでは、無い、無いと青い顔をしているのである。

「だから、あるわけねえってば」

そう答えたのは、浪人風の近くで片肘《かたひじ》ついて寝転んでいる町人である。

よほど暑いのか、片肌を脱いで尻《しり》をはしょり、口に雑草の茎《くき》をはさんでつまらなそうにしている。

その胴のあたりに白い晒《さら》しが巻いてあるのを見ると、どうやら堅気《かたぎ》の男ではなさそうである。

「いえいえ。確かに橋から一町（およそ百九メートル強）。五本並んだ杭《くい》にひとつずつくくりつけたんですから、間違いありません」

「だからさっきから言ってるようにさ。場所は間違ってなくとも、無いもんは無いんだよ」

「そんなはずありません。このところ雨なんて降っていないんですから。大水で流されたなんてこと、あるはずがないんです」

「かあ……ったくよぉ」

町人はめんどくさそうに体を起こすと、こんどは土手にあぐらをかいて、

「盗《と》られたに決まってんだろ」

「え？」

浪人風は驚いたようにふり返ると、町人の顔をまじまじと見つめた。

「盗られた？」

「もう、いつも旦那《だんな》はじれってえなあ。だからね。誰かに筒を盗られちゃったっての」

「鰻筒《うなぎづつ》を……ですか？」

「だって筒を捜してんだから盗られたのは筒に決まってんだろ！」

町人はそう言って大きくため息をついた。

「いやあ。そんなはずはありません」

浪人風はまた川に向き直ると、体をかがめて、波打ち際をうろうろしながら、

「人の物を盗るなんて、それは悪い人のやることです」

と言った。

「これだよ、これ。かあっ！　お空のお天道さまもあきれて、ぎらぎら冷や汗流してやがるぜ。あのね。旦那が生まれ育った水戸《みと》と江戸じゃ、違うの。ぜんぜん違うの」

「なにが違うんですか」

「あのね。江戸はね。どこにどんな奴が住んでるかわからないの。金が目の前にあったら、しめしめと揉《も》み手《で》しながらいただくの。鰻筒があったら、こりゃ儲《もう》けもんと舌なめずりしてちょうだいするの。それが江戸なの。江戸ってもんなの」

あきれかえった町人が、あんぐりと口を開けて空をあおいだ。

「そうなんですか？」

浪人風がまたふり返った。

「そ」

「人の物を？　盗る？」

「そうそ」

「それはおかしい。してはいけないことです」

「あー、こっちの頭がおかしくなってきた。もういい加減あきらめて、一杯引っかけに行こうぜ」

町人はついに頭を抱えて下を向いてしまった。

「でも忠治《ちゅうじ》さん。いったい誰が盗ったんでしょうねえ」

「知らない知らない。知らない誰かさんが盗ったの！」

忠治と呼ばれた男は、こんどは仰向《あおむ》けに引っくり返って大の字になってしまった。

忠治というのは、江戸の浅草一帯を仕切る地廻《じまわ》りのひとつ勝蔵《かつぞう》一家の若い衆で、次の代貸しとの呼び声も高いいなせな男である。

一方、旦那と呼ばれている浪人風は、姓を佐々木《ささき》、名を平八郎《へいはちろう》といい、元はれっきとした水戸藩の侍《さむらい》だったが、政争に巻き込まれるのを嫌って脱藩。江戸に出て料理を生業《なりわい》として生活しているという変わり者であった。

「はあ……筒をねえ。あれは治兵衛《じへえ》どのが竹で編んで作ったものですよ。それを盗りますか」

「おおかた旦那のお目当てにしてた鰻がかかってたんだろうよ」

忠治はようやく立ち上がると、ぱんぱんと尻の埃《ほこり》をはたいた。

「えっ。かかっていましたか、鰻」

平八郎が目を見開きながら忠治に近づいて来た。

「わっ。そんなこたぁ、わかるわけねえだろ」

「五つの筒に、ぜんぶかかっていましたか」

「だ、だからわかんねえって。たぶんかかってたから、筒ごと盗んでったんだろうってことだよ」

「そうですかあ……五匹もかかってましたか。惜《お》しいことをしたなあ」

「いやだから、かかってたんじゃないかなって……ああっ、もうしちめんどくせえ！この話やめやめ！」

ふたりがそんなことを言い合いながら、土手をのぼって千住《せんじゅ》大橋のたもとに立ったとたん、

「あっ！」

平八郎がいきなり大声で叫んだ。

「わっ！　わわっ！　な、なんでえ急に……びっくりするじゃねえか。心の臓が止まるかと……」

「筒！」

「え？　筒なんてこの千住界隈《かいわい》じゃ誰だって持ち歩いて……ん？」

「五つ」

「あ……ひい、ふう、みい……ほんとだ。五つ持ってんな。こりゃ盗《ぬす》っ人《と》に間違えねえ。おいっ。そこの餓鬼《がき》どもっ」

忠治が胴間声《どうまごえ》を上げたその先には、まだ前髪姿の子どもがふたり、手に手に鰻を捕《と》るための仕掛けの筒を持って歩いて来るところだった。

忠治の怒鳴り声を聞いたとたん、大きいほうの子どもがびくっとした様子で足を止め、忠治と忠治の後ろを歩いていた平八郎を怯《おび》えた顔で見上げた。

もうひとり小さいほうの子も足を止めて不安そうだったが、よく事情をつかめていないように見えた。

「おめえらだな。仕掛けを盗んだのは」

舌打ちをしながらゆっくりと近づく忠治を見上げながら、すくんだように動けない子どもたちの顔に、明らかな恐怖の色が浮かんだ。

「えっ？　正直に言え！」

大きいほうの子は、真っ青な顔をしてわなわなと唇《くちびる》を震わせ始めた。小さいほうの子は、両脇に抱え込んでいた筒を地面に取り落とした。

「この餓鬼ども。太え野郎だ。なんでこんな真似したっ。名前はなんてんだ！」

忠治は子どもの真ん前まで近づき、腕組みをしながら仁王《におう》さまのように恐ろしい表情をしている。

だが、恐怖にすくんでしまった子どもたちは、身動きすることさえままならない。

「名前も言えねえのか。どこの餓鬼だ！　どこに住んでる！」

とうとう小さい子が震えながら泣き出してしまった。

## 二

夏の炎天下《えんてんか》。

真っ昼間の往来に人影はほとんど見えない。

その往来の真ん中で、大きいほうの子が、弟に違いない小さな男の子の肩を、筒を抱きかかえたままの腕で引き寄せた。

「泣いてすむんだったらお役人なんていらねえや！　やい、早く答えやがれ」

暑さのせいか、ふだんよりなおさら苛立《いらだ》った様子の忠治は、厳しい追及の手をゆるめようとはしない。

「忠治さん」

見かねた平八郎が割って入ろうとしたが、目を吊《つ》り上げた忠治は後に引こうとしない。

「おめえらみてえな餓鬼がいるから、賄賂《わいろ》だのなんだの、世の中おかしくなるんだ。俺のような人間だって、てめえらみてえな時分にゃ盗みなんざこれっぽっちもしたことがねえ。斬《き》った張ったの渡世《とせい》にも、手え出しちゃいけねえことがあるんでえ！」

なんだかいつもの忠治とは違って、目つきも言葉づかいも真剣そのものである。平八郎はそんな忠治の様子を見ながら、もしやと思うことがあった。

「鰻、食べちゃったのかい？」

平八郎が、幼い兄弟の前に腰を下ろして、にこりと笑って尋《たず》ねた。

大きいほうの子は、今にもあふれ出しそうな涙をじっとこらえながら、忠治を見る驚きとはまた別の驚きをもって、平八郎を見た。

「五匹、かかってたか？　旨《うま》かったか？　どうやって食べた？」

平八郎は笑みを絶やさずに問い続ける。

「旦那。甘やかしちゃいけねえ。世の中にゃあ厳しい掟《おきて》って……」

「おじさんが当ててみようか」

兄弟は、これからなにが起こるのか、自分たちがどうなるのか、必死の思いで平八郎を見上げたままである。

「うーんと、そうだな。庖丁《ほうちょう》で丸のままぶつ切りにして、醤油《しょうゆ》を塗って焼いたかな？」

大きいほうの子が、目を伏せた。

「どうだ。当たったか」

子どもはうつむいたまま、弱々しく頭をふって、違うというそぶりをした。

「あ。はずれたか。そうか。じゃあどうやって食べたんだろう。うーん……あ。わかったぞ」

子どもはまた顔を上げて平八郎を見た。

「ぶつ切りにして、鍋《なべ》に入れて、菜っ葉といっしょに煮込んで食べた。そうだろ。当りだろう」

子どもはまたうつむいて黙っていたが、兄の背中に隠れるようにしていた小さいほうの子が、

「お豆腐《とうふ》も入れた」

と小さな声で答えた。

「お。なるほどなあ。豆腐も入れたか。そりゃ旨かっただろう」

平八郎はそう言って、答えた子どもの頭をくりくりと撫《な》でた。

「じゃあ、最後はご飯を入れて雑炊《ぞうすい》にしたな？　な？　そうだろう」

平八郎は、唇をかんだままの大きい子の肩に、そっと手を置いた。

子どもが初めて、こくりと頷《うなず》いた。

「いいんだよ。お腹空いてたんだもんな」

平八郎は大きいほうの子の頭も撫でてやり、

「しかし五匹も食べちゃったのか」

と尋ねると、

「父ちゃんと母ちゃんも」

小さい子が、大きい子の代わりに答えた。

「お兄ちゃんも食べたのか。旨かったか」

さらに平八郎が尋ねると、

「ううん。お兄ちゃんは売りに行ったからご飯に間に合わなかった」

「え？」

平八郎は思わず絶句していた。

「ちょ、ちょっと待て。鰻を売ったって？」

忠治も驚いた声を出している。

「そうか。お金が欲しかったのか」

ちょっとがっかりしたように平八郎がため息をつくと、子どもたちが同時に首を振った。

「金が目的じゃねえっていうんなら、なにが欲しかったんでえ。言ってみろい！」

忠治がまた苛立った声を出したので、兄弟はせっかくなにか言おうとした言葉を呑《の》み込んでしまった。

「忠治さん。ここはわたくしにまかせてください」

平八郎は忠治を見上げて言うと、子どもたちに向き直り、

「いいんだよ。怒らないから安心おし。それより名前を教えてくれないかな。そのほうはなんと言うんだね」

尋ねられた大きい子は、おずおずと、

「常吉《つねきち》」

消え入りそうな声で言った。

「おらは伊助《いすけ》！　みんなにイッちゃんと呼ばれてるんだ！」

小さい子は、常吉の背中に隠れながらも、大きな声ではきはきと答えた。

「そうか。常吉に伊助か。兄弟だな」

「うん！」

筒を盗んだことで、今後話がどのように展開していくのか頭を働かせているのだろう。常吉は不安そうな顔でただ頷いただけだった。

「そうかそうか。で、鰻を売ったのは、お金のためじゃなくて、なんのためなのかな？」

「薬！」

伊助は、目の前の大人たちが、決して自分を嫌な目にあわせないだろうと感じ取った

のか、だんだんと兄の背中の陰からにじり出てきた。

「薬？」

「うん！　母ちゃんが病気なの」

「そうなのか。母ちゃんがな」

「母ちゃんが……病気……」

忠治が、ぽつりと言葉を漏《も》らし、

「いってえどんな病気なんだ」

と平八郎の隣に並ぶようにしゃがみ込んだ。

「わかんない」

「わかんねえ？　だって医者には診《み》せたんだろう。医者はなんて言ってた」

「お医者さんもわかんないって」

常吉が答えた。

「わかんねえ？　そりゃ藪《やぶ》医者だな。もっといい先生だっているだろう」

「高いから」

平八郎と忠治は顔を見合わせた。

「じゃあなんだ。薬飲んで寝てるだけか」

常吉が頷く。

「でもね。その先生からもらう薬はよく効《き》くんだ。母ちゃん、あんまりご飯を食べられないときでも、薬を飲むとすぐに元気になるんだ」

「へえ……そうかい」

忠治の先ほどまでの剣幕《けんまく》はどこへやら、いかにも心配そうな顔で事情を聴《き》き始めていた。

「父ちゃんはどうした。父ちゃんがいるんだろ」

「父ちゃんは怪我《けが》で働けない」

「怪我？　じゃ仕事は」

常吉は悲しそうに、また頭を振ってうなだれた。

「待てよ。じゃあどうやって暮らしてるんだ」

「…………」

「鰻は父ちゃんと母ちゃんが食ったのか」

常吉はまた頭を振る。

「話がよくわかんねえな。さっき父ちゃんと母ちゃんが食べたって言ったじゃねえかよ」

忠治の詰め寄り方が性急すぎたようだ。常吉はまた口を閉ざしてしまった。

「そろそろ昼ご飯の時間ですね」

平八郎が立ち上がった。

「せっかくここまで足を延ばしたんですから、千住自慢の蒲焼《かばや》きでも食べに行きましょう」

「えっ？　おい、餓鬼どもはどうすんだ」

「みんなも食べたいでしょ。おじちゃんもお腹が空いてたまらない」

平八郎はそう言うや、常吉の頭に優《やさ》しく手を置き、「えどまえ　めし」と書かれた群《ぐん》青色《じょういろ》の幟《のぼり》の方角へと誘った。

「ま、待ってくれよ。なんで鰻泥棒の餓鬼どもにまで……」

忠治も慌《あわ》てて立ち上がったが、

「忠治さんもお腹が空いたでしょう。そんな境遇にいる子どもたちはなおさらですよ」

「し、しかしよぉ」

「人間、腹がくちくなると、口も軽くなると言いますから」

「だからって……」

ぶつぶつと言いながらも、忠治はいつの間にか肩を落として体を傾けるようにし、幼い伊助の紅葉《もみじ》のような手を握って歩き始めている。

往来をはずれた土手沿いの道に人気《ひとけ》はさらに少なく、わずかに旅姿の男がひとりふたり、木陰に寝転んで涼をとっている姿があるだけである。

幟を立てた飯屋の屋根には、古びた板が葺《ふ》かれていて、幼児の頭ほどの石を並べて押さえてある。

入り口の屋根を支える柱は、ただのつっかい棒と呼んだほうがふさわしく、その棒をはずしたならば、今にも屋根ごと店が崩れ落ちるのではないかという凄《すさ》まじい佇《たたず》まいだった。

「こ、こりゃあ……」

忠治は伊助の手を握ったまま、店の前に立って呆然《ぼうぜん》とその様子を眺《なが》めている。

「旦那。ここは素通りしましょうぜ。こりゃ間違いなくはずれだ」

だが平八郎は鼻をひくひくとさせ、店の奥から漂ってくる匂いを嗅《か》ぐと、

「いえ。間違いありません」

と言った。

「いや、こりゃぜったいはずれだって」

忠治はなおも躊躇《ちゅうちょ》していたが、平八郎はおかまいなしに、

「いいですか」

と言いながら、薄暗い店の中へずかずかと入り込んで行った。

店内に足を踏み入れてみると、なるほどいい匂いがする。忠治は思わず、

「へえ……」

と声を漏らしていた。

奥でなにかを焼いているわけではなさそうである。それなのに、この香《こう》ばしい香りは……。

「鰻を焼いた脂《あぶら》とタレの匂いが、この店の柱や材木のひとつひとつに染《し》みついているんでしょうね」

平八郎が上がり框《がまち》に腰をおろし、草履《ぞうり》を脱ぎながら言った。

「そこの盥《たらい》の水で足を洗いなさい」

どぎまぎした様子で立っている常吉は、平八郎に言われてはっとしたように、忠治に連れられていた伊助を上がり框に座らせると、盥の縁《ふち》にかけてあった手ぬぐいで、弟の足を綺麗《きれい》に洗い始めた。

「うわ。きったねえなあ。お前ら泥だらけじゃねえかよ」

顔をしかめたその忠治が足を洗うと、盥の水はたちまちまっ黒になってしまった。

ささくれだった畳《たたみ》に腰をおろしていると、開け放しになった裏口へと通り抜けてゆく川風が心地よく、少しずつ汗が引いていくのがわかる。

なんだか鰻泥棒のことは頭からけし飛んでしまったようで、四人とも大きく穿《うが》たれたような窓の外に、一艘《いっそう》の平舟が姿を現し、上流から江戸の中心街へと流れるように消えてゆくありさまを、言葉もなく眺めていた。

「しかし物騒《ぶっそう》だな。店の人間はどこ行っちまったんだ」

忠治がようやく我に返ったようにつぶやいたとたん、裏口から、

「あれ。お客さんかね」

という声がした。

声の主は、やや腰の曲がった老人で、頭に汗止めのつもりか鉢巻《はちま》きをし、腕に桶《おけ》を抱えた白髪頭のむさくるしい男だった。

「婆《ばあ》さんはどうした」

主《あるじ》らしき老人は、まるで平八郎たちをとがめるような口調で言った。

「どうしたって……おい、俺たちは今日初めてここに来たんだ。婆さんがいるかどうかなんて……」

忠治が文句を言おうと袖《そで》をまくり上げようとしたとき、

「おい、常吉と伊助じゃねえか。どうした。こんなところで」

老人が驚いた顔をしながら鉢巻きを取った。

三

「そうか」

五平《ごへい》と名乗った老人は、蒲焼きと丼飯《どんぶりめし》をのせた粗末《そまつ》な膳《ぜん》を四人の前に並べると、そのまま上がり框に腰をかけた。

「あ」

忠治が身を乗り出すようにしてその丼の中身を見たとたん、思わず声をあげていた。

平八郎も、丼に盛られた蒲焼きのあまりの照りのよさに、正直驚いていた。この店は間違いない料理を出すに違いないと推量してはいたが、ここまでみごとな逸品《いっぴん》であるとは、正直思ってもいなかった。

ふっくらと蒸《む》し上げられた厚い身に、タレが奥まで幾重にも入り込み、そこに適度に焼き目が入って、旨みを閉じ込めている。

しかし閉じ込められた旨みは、なんとか白い身の外に逃げ出そうとして、あるいは香ばしい湯気となって立ちのぼり、あるいは鰻の脂《あぶら》に溶け込んでじゅくじゅくと音を立てながら、炊きたての白い飯に染《し》み込んでゆく。

そこに主が運んできた挽《ひ》き立ての山椒《さんしょう》の粉を、耳かきほどの匙《さじ》でふわっとまいてやると、甘辛いタレの匂いがぴりっと引き締まって、薫りが凛《りん》と立ち上がってくる。

「う、うめえ……」

ふだんだったら、何を食べてもがつがつと箸《はし》でかき込むようにして平らげてしまう忠治が、珍しくひと箸ひと箸大事に口に運んでいる。

主の五平は、そんな客の様子を、見るともなしに眺めている。

陽に焼けたその顔に、窓から差し込む黄色みがかった陽の光が照りつけて、まるで銅で葺かれた寺の屋根のごとく輝いていた。

その赤銅色《しゃくどういろ》の顔の奥深く、長年にわたって刻《きざ》み込まれた哀愁が、皺《しわ》の一本一本となって現れ出でているような錯覚《さっかく》を覚えた。

鰻をさばいて焼いている最中に戻って来た、まるで五平と瓜《うり》二つの顔をした婆さんが、糠漬《ぬかづ》けを大盛りにして運んで来た。

糠がよく染み込んだ茄子《なす》は、少しも塩辛さを感じさせることなく、香ばしく焼き上げられた蒲焼きの箸休めとして、絶妙の取り合わせだった。

「仕掛けの筒は前にやっただろう」

五平が言うと、

「盗られた」

夢中で蒲焼きと大盛りの白飯を食べ終えた常吉が、ぽつりと言った。

「そうか。盗られちまったか……まさか千住のもんじゃないだろうが、江戸へ帰る旅の連中に、悪いのがいるからな」

五平はため息まじりの声を出しながら、

「しかしだからと言って、人さまの筒を勝手に拝借《はいしゃく》してはいかん。しかも中には鰻がかかっていたというじゃないか。なおさらだ」

「……ごめんなさい」

しゅんとしている常吉を、かたわらにいる弟が心配そうに見上げていた。

「手前からも謝《あやま》ります。どうか勘弁《かんべん》してやっておくんなさい。なにしろこの子らの母親は……」

五平が頭を下げた。

「重い病《やまい》だそうですね」

平八郎は見るとも見ないとも気取《けど》られない視線を、兄弟に送り続けている。

「へえ……宿場の町医者何人にも診てもらったんですが、原因がわからないということでして。微熱が続いて、冬なんかはもう見舞いに行くのも申し訳ないぐらい咳《せ》き込んじまって、そりゃ苦しそうでねえ」

「お父さんもおられると聞きましたが」

「それがねえ……」

五平は眉間《みけん》の皺をますます深いものにした。

「もとは稼ぎのいい大工だったんですが、足を踏み外して屋根から落ちちまって。落ち方が悪かったようで、足の骨を砕《くだ》いちまったらしく……もう働くことは無理なんでさ。しかもそれだけならまだいい」

「まだいい、とは？」

「ご多分に漏れず、酒ですよ」

「酒……」

平八郎も思わず眉《まゆ》をひそめた。

その時、

「おう、常吉。伊助。おめえら、手裏剣《しゅりけん》投げたことあるかよ」

いきなり忠治がおかしなことを言い出した。

常吉と伊助がびっくりして、蒲焼きを食べ終わった皿に番茶をかけたのをすする手を休め、忠治を見上げた。

「あるかって聞いてんだよ」

浅草で一、二を争うのではないかと思われるほど短気で有名な忠治が、いらっとした声で立ち上がった。

「ううん」

常吉が頭をふると、

「へへ……そりゃそうだろうな。教えてやろっか。手裏剣の投げ方をよ」

子どもたちは驚くばかりで、身動きすらできない。

「ついてきな。そこの土手でやってみようぜ」

「うん……」

常吉が催促されてようやく立ち上がった。

「ほうれ。見てみな」

ごそごそと懐《ふところ》を探っていた忠治が皮袋の中から取り出したのは、まるでいがぐりのように無数の刃のついた車剣《くるまけん》と呼ばれるものだった。

「どうしたんですか。それ」

平八郎が驚いて尋ねると、

「へへへ……」

忠治は得意そうに、

「なにしろ近頃物騒だからよ。小塚《こづか》っ原《ぱら》の近くにある鍛冶屋《かじや》に作らせたのよ。これがまあ逸物《いつぶつ》でな。これでもかってぐらいよく刺さる」

「はあ。逸物ですか」

「ほら、棒手裏剣ってのはなかなか難《むずか》しいだろ？　名だたる武芸者だって、十本に一本は失敗するってえが、これだけたくさん刃がついてりゃ、万に一つの失敗もないってことよ」

「それはそうでしょうが……しかし刺さりやすいということは、逆に相手の手に入ってしまった場合、向こうも投げ返しやすいということですよ」

「そんなドジなことをする忠治さまだと思ってんのかい。この俺がエイヤッと投げたら、たちまちのうちに相手は悶絶《もんぜつ》してあの世行き疑いなしだ」

「はあ」

「おじちゃん、やるの、やらないの」

なんだか先ほどまでおどおどとしていたはずの常吉が、目をらんらんと輝かせながら、草履をつっかけて土間に立っている。

「おう。ちょっと待て。なにしろこれは危ねえもんだからよ。おじさんの言うことをちゃあんと聞かなきゃなんねえぜ」

「うん！」

そう言って忠治は、子どもたちを連れて店を出て行った。

酒浸りの父親の話を子どもたちの耳に入れたくないという忠治なりの配慮《はいりょ》なのだろうと、平八郎は思った。

「それで……」

話の先を促《うなが》すと、

「それがもうどうしようもねえんで。仕事が出来なくなったんで、自棄《やけ》になって酒に溺《おぼ》れた。でもそれで終わってりゃまだ同情の余地もある」

「酒以外にも？」

五平はこくりと頷いて、

「博打《ばくち》ですよ。まるで絵に描いたように坂を転がり落ちちまった」

と言って暗い目をした。

「…………」

「父親の名は捨吉《すてきち》って言うんですがね。まだ丈夫だった頃には、この店にもよく顔を出してくれて、女房子どもと楽しそうに笑いながら鰻をつついておりやした」

「そうですか」

平八郎のしんみりとした声に、はっと我にかえったのか、五平は慌てた様子で、

「こ、こりゃつい辛気《しんき》くさいお話をしちまって……せっかくお食事なさってるっていうのに、後味が悪くなっちまったでしょう」

と頭をかきながら小上がりに上がって、汚れた器《うつわ》を重ね始めた。

「いえ。お気遣《きづか》いは無用です」

盆《ぼん》を持った五平の女房も姿を現して、

「よいしょ」

と言いながら小上がりに上がり、五平の重ねた器を盆に移すと、運びは五平にまかせて、自分は濡れ布巾《ぶきん》で膳を拭《ふ》き、それを部屋の隅に積み重ね、続いて座布団を片づけ始めた。

「あれは、淋病《りんびょう》だね」

婆さんが突然、ぽろりとつぶやいた。

「え？」

平八郎が驚いて婆さんを見ると、

「捨吉は酒と博打だけじゃねえ。自棄になって女買いも始めたのさ」

女のことにはいささか疎《うと》い平八郎は、ただ絶句するほかなかった。

「それで女房にも淋が感染《うつ》った。それだけのことさ」

「本当ですか」

「足が悪いってのに、夜酒を飲みに行くと言っては悪所通いさ。知ってるだろうが、千住の路地という路地には魔窟《まくつ》があるからねえ」

「魔窟……」

「ほとんど稼ぎがないくせに、いくら安い女を買ってたとはいえ、どこから金をひねり出したもんだか」

婆さんは、平八郎にしゃべっているのか、独《ひと》りごとを言っているのか判然としないまま、ぶつぶつとそれだけ言うと、土間に下りたって奥へと消えてしまった。

「かかあの奴、なにか言いませんでしたか」

五平が戻って来て、女房のほうを気にするようにふり返った。

ざ波を立てた。

「そうですかい……なら、いいんだが」

その五平の様子が、平八郎の心の奥底に、小さいけれども不快な余韻《よいん》をともなったさ

「この宿場には、なにかあるんですか」

単刀直入に聞いてみると、五平は一瞬、ぎょっと動転したように目を見開いたような

気がしたが、それは錯覚だったのかも知れない。

すぐに元の能面のように陰気な顔に戻ってしまった。

薄暗い店の中が、さらに暗くなり、まるで自分が幽界《ゆうかい》の入り口に立っているような錯

覚を覚えた。

ますます色を深めつつある黄色みを帯びた陽の向こうで、なにがおもしろいのか、忠

治と子どもたちの笑う声が響《ひび》いている。

「鰻を売って薬をもらうと言っていましたが」

平八郎はお代を払いながら、最後の問いを発した。

「ああ……友斎《ゆうさい》先生の薬ですよ」

釣《つ》りを取り出しながら、五平が言った。

「友斎先生？」

「いえ……」

「この宿の町医者です。安く診てくれるんで、わしらのような貧乏人は、友斎先生だけが頼りなんでさ」

「それでわかりました。常吉くん、伊助くんは鰻を捕っては川魚の問屋や料理屋に売り、その金で友斎先生のところで母親の薬を買うと……」

「形だけですよ」

「形だけ？」

「友斎先生には持論があってね。安易に人に施《ほどこ》してはいけない。施されてはならないって、たとえわずかな金でも、診療代を取るんでさ」

「はあ……」

「鰻の一匹や二匹売ったって、ろくな額にゃならない。けど、それをもらわなければ、とりわけ小さな子どもは生涯、人に施しを受けても当たり前、ひどい場合にゃ人さまの金をくすねても仕方ないんだと勘違《かんちが》いしてしまうのだと」

「なるほど。立派な先生ですね」

「ああ……この町に友斎先生がいなかったら、死人は何倍にも増えてたでしょうよ。けど」

「けど？」

「いや、なんでもねえ。聞き流しておくんなせえ」

五平はそう言って背中を向け、平八郎がそれ以上質問しても、なにも答えようとはしなかった。

「へへへ……そろそろ行くかい？」

店から出た平八郎の姿を認めた忠治が、汗だくになって土手を駆けのぼってきた。

後ろからあの兄弟が、先ほどまでとは別人のように生き生きとした様子で続いて来た。

編み笠を上げ、その子どもたちの姿を見下ろしながら、平八郎はなにか物思いに沈んだ様子だった。

「どうかしたのかい」

「いいえ」

「浅草に戻ってひと風呂浴びて一杯飲《や》るにゃ、そろそろ引き上げねえとな」

「そうですね。ただその前に、ちょっと寄りたいところがあります」

「寄りたい？　どこへよ」

「つき合っていただけますか」

「かまわねえが、だからどこへだよ」

「鰻筒」

「鰻筒？」

「ふたりにあげましょう」

「え？　ああ……うん、もうやっちまった」

忠治がすまなそうに言った。

「そうですか。それはよかった」

「そ、そうかい？　すまねえ。断りもなく」

「いえ。治兵衛《じへえ》どのがまた喜んで作ってくれますから」

「ああ」

よほど夢中で手裏剣を打ったのか、常吉と伊助の全身から汗が噴《ふ》き出している。

「ふたりともその筒で、たくさん鰻を捕《と》りなさい」

「うん！」

「こんどは、橋からなるべく離れたところがいいですよ。五平さんが言ったように、旅人の中には、盗むつもりはなくても、ちょっとした悪戯心《いたずらごころ》で持ち帰ってしまう輩《やから》もいると思いますから」

「はい」

「それじゃ、おじさんたちはそろそろ行きます。また近いうちに会いましょう」

「あのさ。おじさん」

常吉が歩き始めた平八郎と忠治を追いかけて、二、三歩走り寄って来た。

「ん？　なんです？」

「聞きたいことあんだけどさ。鰻って、皮が剥《む》けるよね？」

「皮が剥ける？　どういう意味かな？」

「蛇《へび》みたいにさ。皮が剥けて大きくなるんだろ？」

「いやあ……あはは。鰻にはそういうことはないと思うよ」

「そうなの？　おれ、草っぱらで皮を脱ぎ終わって泳ぐ鰻を見たことあるんだけど」

「いや、それはやっぱり蛇でしょう。蛇も泳ぎますから」

「え、泳ぐの？　蛇も泳ぐんだ」

「そうです。蛇も泳ぎます」

平八郎は笑って、しばらく幼い兄弟の顔をしげしげと見つめていたかと思うと、

「それじゃ、お母さんの面倒をよく見るんだよ。達者でね」

と言って急に地を蹴《け》り、颯爽《さっそう》と歩き始めた。

「お、おいちょっと待てよ」

忠治が大慌てで店に戻り、預けておいた笠をとって追いかけて来た。

「近いうちに会うって、ほんとか？　本気で言ってんのかよ」

汗くさい忠治が、編み笠の下から平八郎をのぞき込んだ。

「そういうことになりそうです」

「どういうこ……お、おい、もちっとゆっくり歩けってばよ。旦那、ちょっと早過ぎる

ってば」

遠くから、懸命に張り上げた声が聞こえてきた。

「お侍さまぁ。ありがとう！」

「ごちそうさまでした！」

千住の宿から酷暑が去りつつあるのと入れ替わるようにして、これから陸奥《むつ》の方角へと旅立つ人間と、その見送りの人間とが、次第に数を増して来るのがわかった。

彼らは餞別《せんべつ》と称し、江戸にいる女房の目の届かぬところで、大いに酒を喰《く》らい、女たちを買い求めるのである。

それが世の習《なら》わしと言えば習わしであったが、外聞をはばかる病のことを耳にしたばかりの平八郎にとっては、彼らの発する哄笑《こうしょう》やら歓声やらが、かえって人の世のはかなさを物語っているように感じられて仕方なかった。

丸く膨《ふく》らんだ大橋の太鼓《たいこ》の向こうに、まだ見ぬ異世界が広がっているような気がして、平八郎はしばらくその場にじっと佇んで、人が現れては消えゆくさまを眺めていた。

## 四

娼窟《しょうくつ》の蝟集《いしゅう》する場所には、どこか独特の臭《にお》いが漂っている。

それは、女の白粉《おしろい》の匂いであり、女を求めて集まって来る男たちの邪《よこしま》な願望であり、それらを取り巻く暴力の気配であり、汗や大小便の臭いであり、あるいはそれらすべてが溶け合って凝縮され、澱《おり》のように積み重なって溝《どぶ》に沈殿《ちんでん》した町の垢《あか》そのものであったかも知れない。

とりわけ品川やここ千住には、江戸にいては吐き出すことの出来ない欲望を放出し、塵芥《じんかい》のごとく捨て去る便宜《べんぎ》を提供する役割をになった店が多く、自然空気は荒《すさ》み、そのよどんだ空気は町全体を覆《おお》って、目に見えぬ靄《もや》のように人々の心を闇《やみ》へと誘ってやまぬのであった。

その町の靄の中を、平八郎が分け入るようにして入ってゆく。

それに従う忠治にいたっては、あたかも水を得た魚のごとく、欲望の渦《うず》の中を生き生きと泳ぐようにして歩を進めていた。

「よう。さっきから押し黙って……どこ行くか教えてくれたっていいじゃねえか」

辺りを睥睨《へいげい》するように歩く忠治の片手には、いつの間に買い求めたのか、田楽《でんがく》の串《くし》が握られており、くちゃくちゃと意地汚《いじきたな》くこんにゃくを嚙む音を立てながら、千住のその筋の者に目をつけている。

浅草を根城《ねじろ》とする勝蔵一家の飯を食っている忠治にとって、言わばここは敵地に等しく、ふつうであればおどおどとおとなしくしていてもよさそうなものだったが、虎《とら》の威《い》を借る狐《きつね》のように、平八郎にまとわりついては目につく人々に鋭い視線を送っているのであった。

「つかぬことをお伺《うかが》いしますが、友斎先生の診療所というのは……」

宿場の中心街から離れ、さらに進めば田畑ばかりというところまで来て、平八郎はようやく足を止め、道ばたに筵《むしろ》を広げて蕪菜《かぶな》を売っている初老の男に尋ねた。

この炎天下、陽の高いうちから売り並べていたのであろう。蕪菜はあたかも男の分身であるかのように、しなびて精気がなかった。

その白髪の男のかたわらには、孫娘であろうか、赤いべべを着せられた幼女が、ほころびた手鞠《てまり》を転がしては、それが背後にある家の障子戸《しょうじど》に当たっては跳《は》ね返って来るのを、飽《あ》くことなく繰り返していた。

「ああ……先生の」

老人はいま眠りから覚めたかのように首を起こして平八郎を見上げた。

「そこの路地を入って三番めの家だ。薬臭いからすぐにわかるさ」

と答えると、また下を向いて動かなくなってしまった。

「誰だよ？　その友斎ってえのは……医者の名前みてえだが、何の用があるんだ？　まあ、なんでもいいけどよ、辛気くせえったらありゃしねえな、この町は。なんどか足を運んだことはあるけどよ。こんなにくさくさしたところだったとは思わなかったぜ。なにしろ路地裏なんかに用はねえから……」

「ここですね」

平八郎が編み笠を上げながら、忠治の言葉などまるで耳に入っていなかったかのように、とても診療所とは思えぬ朽《く》ちかけた家にかけられた表札《ひょうさつ》を見ながら言った。

「こりゃまた……医者どころか昼間っから化《ば》けもんでも出て来そうな按配《あんばい》だぜ」

平八郎はしばらく戸口で耳を澄ませていたが、

「薬研《やげん》の音がしますね」

と言って、腰高《こしだか》障子を開けた。

「お頼みします。友斎先生はおいででしょうか」

奥に向かって声をかけると、薬種を擂《す》るごろごろという音が、ぴたりと止《や》んだ。

部屋の奥は夜が居座ったかのように暗い。

しばらくは返事もなく、刻《とき》が流れるのが妙に遅く感じられたが、やがて衣《きぬ》の擦《す》れる音がしたかと思うと、

「どなたかな」

という声が、つい間近から聞こえて来た。

形ばかりの土間の向こうにある部屋に、この家の主らしき男の袴《はかま》だけが、ぼうっと浮かび上がったように見えた。

「な、なんだここは……」

思わず忠治がつぶやく声がした。

平八郎もいささか面食らった思いだったが、

「友斎先生の診療所はこちらだと伺いましたて」

と努めて明るく挨拶《あいさつ》をすると、

「ふふ……」

小さな含み笑いがしたかと思うと、

「診療所か……まあ藪とはいえ、かろうじて医術を生業《なりわい》とする者が寝起きしているのだから、診療所と言えば診療所に違いないが……」

と、乾いた声が返って来た。

推《お》し量《はか》るに、三十から四十絡《がら》みの壮年《そうねん》の声の張りであったろうか。

「それで」

暗くて顔の輪郭《りんかく》すら判然とせぬ相手が尋ねた。

「はい。実はこの宿場に住む常吉くんと伊助くんのことなのですが」

平八郎は今日起きたあるがままを話してみせた。

「ああ。あの子どもたちな」

乾いた声に、一抹《いちまつ》の哀しみが混じったのを、平八郎は聞き逃さなかった。

「子どもたちがどうした」

「いいえ。鰻を売って、その金でこちらから薬を買っていると聞きましたが」

「……まあ、そうなるかな」

「母親の病気はなんなのでしょう」

「うむ」

「もしかすると、淋、ではないかと耳にしたのですが」

「鰻屋の婆さんから聞いたか」

「はい」

「そうか……」

友斎であることを否定していない男は、いったん言葉を切ると、

「まあ、上がれ」

と言って、すっと立ち上がった。

「はい。失礼します」

平八郎がすぐさま草履を脱ごうという気配を示したので、

「おい。こんな気味の悪いところに上がるのかよ」

と忠治が不平そうな声を出した。

それにはかまわず、平八郎は上がり框に座って草履を脱ぎながら、

「ちょっと聞きたいことがあるんです」

「聞きたいこと？　なにが……」

草履を脱いだ平八郎が、それには答えずさっさと奥へと歩いて行ってしまったので、忠治は慌てて後を追った。

ぼうっと行灯《あんどん》の灯《ひ》がともって、おぼろげながら中の様子が浮かび上がった。

家の中は入り口から察するよりはいくぶん広く、奥行きがあった。二間《ふたま》続きの奥の部屋の向こうには廊下があって、左手奥へとさらに続いている気配である。

廊下の向こうには、この家を外界と隔絶《かくぜつ》するかのように板塀《いたべい》がそびえ立っており、それがこの家に陽の光の差し込むのをさえぎっているのだった。

「茶は出せぬぞ。薬を煎《せん》じるのでほとほと疲れておってな」

「お気遣いなく」

半間《はんげん》しかない形ばかりの床《とこ》の間《ま》を背にして座った友斎という男は、髪を総髪に束《たば》ねた、と言えば聞こえがいいが、邪魔なざんばら髪を無造作《むぞうさ》にひっつめただけのようにしか見えなかった。

「油代がもったいなくてな。灯は診察の時にしかつけん」

友斎は聞かれてもいないことを言い訳のように口にしてから、

「まあ、ここで病人を診ることなどめったにないのだがな。なにしろ儂《わし》など頼りにするのは、みな歩けなくなった貧しい病人ばかりだ。たとえ来たくとも、たどりつける者はおらん」

と言ってからからと笑った。

冗談《じょうだん》を言っているつもりなのか、判然とはしなかった。

忠治はなんだか気圧《けお》されたように黙っておとなしく座っている。

「で、淋と申したな」

「はい。鰻屋のおかみさんが」

「ふむ」

友斎はなんだか考え込むように、腕組みをすると、

「正しくもあり、正しくもなし、だ」

「はい？」

平八郎は思わず聞き返していた。

「これまで診たこともない病でな」

「診たことがない、のですか」

「うむ……最初は儂も淋病かと思ったのだが……それにしては熱がひどく、衰弱も激しすぎる。もっとこう……」

「もっとこう……」

友斎は軽く舌を鳴らして天井を見上げ、あきらめきったようなため息をついた。

「これは儂のただの勘でしかないのだが」

風もない夏の夕刻だというのに、行灯の灯がゆらりと揺れた。

この宿場には多くの娼窟が存在することはすでに述べたが、それは府内《ふない》や品川などの岡場所とは明らかに様相が異なり、一種独特の陰惨さをはらんでいる。

それはあるいは、遠く北の国々から流れ込んでくる降り積もった哀しみの醸《かも》し出すものなのかも知れなかった。

その陰惨で暗鬱《あんうつ》な空気が、町の路地のいたるところに澱のように沈殿していて、怨念《おんねん》のたまり場と化しているような錯覚を覚えるのだった。

「南蛮《なんばん》」

友斎が思わぬことを口にした。

# 五

聞き違いかと思った平八郎が、

「南蛮？」

とおうむ返しに尋ねると、友斎はこくりとうなずき、

「この国を訪れた異国の人間が持ち込んだ病気なのではないかと疑っている。平戸《ひらど》の周辺で春をひさいでいる女たちから、この国の人間に病が感染《うつ》り、それが大坂や江戸といった具合に広まっていったのではあるまいか」

と言った。平八郎は絶句した。

平戸と言えば、平八郎が脱藩した水戸藩に伝わる御留流《おとめりゅう》が得意とする南蛮料理の食材を仕入れる地であり、また過日、久世《くぜ》という旗本《はたもと》の家で料理人をしていた馬英山《マーインシャン》という唐《から》の料理人も、動物や人間の血の粉を入手するため足繁く通っていたといういわくつきの場所である。

（平戸は魔窟……）

平戸を通して異国から圧力を受け続けている幕府は、その武力にのみ目を奪われているけれども、実はその陰で、怪しい文物もまた密《ひそ》かに流入しているらしいというまことしやかな噂《うわさ》が流れていた。

たとえば宗教もそのひとつで、幕府が警戒している耶蘇教《やそきょう》ではなく、もっと邪悪な土俗の宗教も入って来ているという話は、平八郎もなんどか耳にしたことがある。

この国にも、たとえば密教や山岳宗教から派生した闇の宗教とでも呼ぶべきものが数々存在しているが、それは南蛮といえども事情は変わらないようだった。

以前、浅草で獣肉屋を営《いとな》んでいる市《いち》という男と連れだって長崎まで旅したことがあったのだが、肉や香辛料の商談相手だった南蛮商人が、飾り棚の上に載せた大きな黒い蛇の置物を、商談前と後に恭《うやうや》しく手を合わせて拝《おが》んでいたのを目撃したこともあった。

「あの蛇は、間違いなくお呪《まじな》いだな。俺たちから少しでも金をふんだくれるようにってな」

むさくるしいひげ面《づら》の市が、帰り道、巨体を揺らしながら言ったのを覚えている。

そして今、目の前にいる友斎が口にしたように、得体の知れない病もまた流入していたとしても、なんら不思議ではないように思えた。

「それで、常吉くんたちが持って帰る薬というのは」

平八郎が尋ねると、

「効かぬ」

友斎がにべもなく言った。

「え？」

「病の正体がまるでわからぬのだ。芍薬《しゃくやく》を使ったり、柴胡《さいこ》を用いたり、主に解熱《げねつ》や強壮に使う生薬《しょうやく》を処方し、その都度病人の様子を診に行っているのだが、はかばかしくはない。いや正直、これは徒労に近いのではないかと思い始めている」

「そんな」

友斎はまぶたを閉じ、腕組みをしながら無念そうに天井を向いた。

忠治もまた、手裏剣投げでせっかく仲よくなった兄弟のことを考えているのだろう。なんだかしゅんとしながら、膝《ひざ》に置いた片腕の袖をまくり上げ、もう一方の手で意味もなく浅黒い肌を撫で続けている。

そんな重苦しい空気を打ち払うように、

「しかしあのふたり、幼い頃から辛い思いをしているというのに、健気《けなげ》でな。心根がゆがむどころか、すくすくと真っ直ぐに成長している。そのふたりが、儂にせめてもの礼とでも言うのであろう、料理をこさえて運んで来てくれたな」

と言って目を開け、いかにも可笑《おか》しそうに笑った。

「料理を？」

「うむ。まあ、あれを料理というのかなんだかわからぬが」

「どんな料理ですか」

「鰻の蒲焼きだよ。見よう見まねで作っているらしい」

「蒲焼き……ですか」

平八郎は驚いていた。

その蒲焼きになにか工夫を凝《こ》らして、新しい料理が編み出せないものかと、こうして千住まで足を運んで来たのである。

鰻やあなごは、丸のままぶつ切りにして、鍋に入れたり味醂《みりん》醤油で煮たりするなら箇単だが、蒲焼きに仕立てるとなると、これはなかなかに大ごとである。

まずは生きた鰻に目打ちをして、腹もしくは背に刃を当てて綺麗に身を開く。

それから、あるいは関東風に蒸し、あるいは関西風にそのまま、臭みがとれるまで火を入れ、臭みが完全に抜けてからタレを塗って二度焼きするというのは、鰻専門の職人でも難しい技《わざ》である。

それを年端《としは》もいかぬあのふたりが、見よう見まねでやっていたとは。

「なにしろ千住の鰻は質がいい。その上関八州《かんはっしゅう》から極上《ごくじょう》の醤油や酒、味醂が運ばれてくる。それゆえこの宿場には鰻屋が多いのだ。宿場はずれの街道沿いで商《あきな》っている小屋まで入れたら、江戸より数が多いだろう。だからふたりにとっても、鰻というのはごく身近な食べ物なんだ。おそらく五平の親父さんが料理するところを熱心にのぞき込んでいたのだろう」

「なるほど、そうでしたか」

「いやしかし、言っちゃあ悪いが、これがとても食えた代物《しろもの》ではなくてな。きちんと泥を吐き出させていないのか、あるいは臭みが焼け落ちる前にタレを塗ってしまっているのかわからんが、ともかく臭い」

友斎は眉根を寄せながら言ったが、表情を見れば、それは決して不平不満を口にしているのではないことがわかる。

むしろ殊勝《しゅしょう》なふたりを、心から愛《いとお》しんでいるような優しさをたたえていた。

「それだけではないぞ。小骨をきちんと抜いておらんから、喉《のど》に刺さってたまらん。わたしはだから、ふたりの母親と同じで、みんな鍋に投げ入れてしまう。内緒でな」

そう言って友斎は、アハハハと声を上げて笑った。

この診療所と同じように、友斎という医者も陰気くさいばかりの男かと思っていたが、存外と明るいのだなと平八郎は思い直していた。

「それで、母親のほうはどうなるんでしょう」

平八郎は、友斎の答えがわかっていながらも、自分の耳で確かめてみなければ気が済まなかった。

友斎はまたすぐにもとの暗い顔に戻って、

「当人に、生きる力、生きようとする気力がどれほど残っているかによるな」

と重苦しそうに言った。

「そうですか」

「後は、いかに苦しませないかしかない」

「はあ」

「たとえ一刻でも、熱や痛みなどを忘れられる薬を作り続けるだけだ」

「そんな薬があるのですか」

平八郎が尋ねると、

「南蛮の病には南蛮の薬、と思ってな。探してみたところ、ようやく……あ、いや、簡単に見つかれば苦労はいらぬのだが」

友斎はそう言って、視線をそらせた。

(なにかごまかしている)

平八郎は直感していた。

この友斎という医者、貧者のために身を粉《こ》にして働いているのは間違いなさそうだが、なにか別の一面を隠している。そんな気がしてならなかった。

「そろそろ出始めますかな」

友斎が、冗談とも本気ともつかぬ様子で言った。

「なにがですか？」

「なにかわからないんだがね。この家全体に染みついている黒いなにかだ」

友斎がふたたび腕組みをしながら、部屋の中をぐるりと見まわした。

「ちょ、ちょ、ちょっと先生。黒いなにかってなんですかい？」

友斎の首の動きに合わせたように、忠治も恐る恐るといった様子で、ぐるりと部屋の中を見まわしている。

「この診療所というのは、いつできたかわからぬほど古いのだと聞く。その昔親子三代で医者をしていた一族が、流行病《はやりやまい》をわずらった患者から次々と病気を感染《うつ》され命を落としてからというもの、長い間空き家となっていたそうなのだ。まあ、土地の者に言わせると、出る、らしい」

「だ、だ、だからその出るっていう黒いなにかってなんでござんすか」

「ふふふ。なにかかな。柱の一本一本、畳の一枚一枚、あるいはほれ、貴公らの背後にしつらえてある薬種簞笥《やくしゅだんす》な。その引き出しのひとつひとつからも黒い物が出て来ることがある」

「げっ」

忠治は悲鳴を上げ、まるで転げるように片手を前につき、身をねじるようにして後ろをふり返った。

「儂が思うには、この部屋で治《なお》る見込みもないまま診療を受け、やがて虚《むな》しくあの世へ旅立っていった者たちの怨念ではないかと」

「ば、ば、馬鹿な……」

忠治は四つん這《ば》いとなり、そのまま玄関へと這って逃げ出しそうな体《てい》たらくである。

「ははは。冗談、冗談」

友斎は大笑いしながら立ち上がるそぶりを示した。

夕陽がだいぶ傾いてきたから、そろそろ引き取れという合図であろう。

平八郎は丁重《ていちょう》に礼を述べると、

「いずれまた、お会いすることがあるかと思います」

と言って刀を手にし、大勢が命を落としたであろう部屋を出た。

草履をはいてからふたたび礼を言おうと、土間から友斎を見上げた刹那《せつな》、友斎の背後にあった古びた衝立《ついたて》の後ろに、なにかがさっと隠れる影を見たような、そんな錯覚を覚えていた。


千住の宿から江戸までは二里と半（およそ十キロ）。

陽はだいぶ傾いてきたものの、夏の盛りのことであるから、まだ明るさが漂っているうちに、帰り着くことが出来るだろう。

平八郎は、急いで帰ろうという忠治を制して、名も知らぬ川沿いの道を歩いていた。

鰻が一匹も捕れなかったのだから、どうしても生きたのを買って帰りたいというのである。

「もう十四も買ったんだぜ。しかも別々の店でよ。重いったらありゃしねえ」

忠治は最初の店で買い求めた粗末な魚籠《びく》を右手に左手にと持ち替え、額《ひたい》から汗を流している。

「あっ、またありましたよ。ほら」

忠治の抗議など耳に入らぬかのように、平八郎が指さしたその向こうには、みすぼらしい掘っ立て小屋に「う」とだけ書かれた幟《のぼり》がひるがえっている。

「まだ買うつもりかよ」

ぶつぶつ不平をならべたてる忠治を尻目に、平八郎は勝手知ったるように店の前に積んである笊《ざる》を片端から確かめては、小屋の奥からあわてて出てきた老婆に、

「これと、これと……ああこれも元気だ」

と、目に止まった鰻を片端から四匹選んで買い求めた。

「あんた江戸で鰻屋でもやってる……わけないよね。お侍さんだもんねえ。それにしちゃ、よく目利《めき》きができなさるもんだ。選んだのはみんな、今朝、捕れたやつだよ」

忠治があきらめたように差し出した大きな魚籠に、老婆は片手で器用につかんだ鰻を次々と入れ始めた。

「これはお母さんが捕ったんですか」

代金を払いながら平八郎が尋ねると、

「いや、うちの孫。こんな田舎じゃやることないし、悪さばかりしとるもんで、だったら鰻や鯉《こい》でも捕ってきたら銭をやると言ったら、もう目の色変えてねえ。ははは……」

「そうでしたか」

「けんど、こんな裏道じゃあなかなか売れなくてねえ」

「街道で筵《むしろ》でも敷いて商ったらどうなんですか」

平八郎が言うと、

「ああ、いやあ、だめだめ」

老婆は首を振り、

「まあ、鰻と一緒に水を運ぶのは骨が折れるし、第一近在のもんは鰻なんて食い飽きてるからねえ。鍋にぶち込むだけだから味も同じさ。脂っこい鯉みたいな味がするだけさな。売れやせん」

と言った。

「そうなんですか。江戸じゃ蒲焼きがますます人気なんですが」

平八郎が水を向けても、

「それもだめだめ。あたしら素人《しろうと》にゃ、蒲焼きなんて作れんし、小骨を抜くだけだって手間がかかって仕方ないのに、臭みが取れるまで火の側についてなきゃなんねえんだから。あたしらは夏やせに効くっていうから、薬代わりに食べてるだけ。疳《かん》の虫にも効くそうだけどね。あたしらに言わせりゃ、鰻なんて水に棲《す》んでる蝮《まむし》となんも変わらんて」

と、鰻も蛇もまるで大差がないようなそぶりだった。

「しかしもったいないですねえ」

ようやく日光《にっこう》道中に戻った平八郎が、ぽつりと言った。

人通りがいっぺんににぎにぎしくなったと同時に、心なしか暑さも増したような気がする。

「なにがどうした。もう誰がなんてったって鰻は買わねえぞ。腕が鈍《なまり》みてえだ。なにがもったいねえってんだよ」

忠治は汗だくになって機嫌《きげん》を損《そこ》ねている。

「この鰻、一匹五文《もん》（一文はおよそ二十円ほど）しかしないんですよ。江戸じゃあ鰻売りが岡持《おかもち》に入れて売り歩き、その場で割《さ》いて串刺しにし、生《なま》のまま売るのが十二文とか十六文とか。それが蒲焼きともなれば、二百文に跳ね上がるんですから、これはもったいないです」

「それだけ鰻はあつかいが難しいってことだろうよ」

「そこなんです」

「どこなんだ」

「常吉くんと伊助くんにも出来るような簡単な料理法がないかと思いまして」

「あ……あ、そうだな。うん」

「難しいな」

平生《へいぜい》から無口な平八郎が、さらに無口で歩いていたのは、そんなことを考えていたからなのだった。

「おっ。風鈴《ふうりん》だあ……」

忠治がふと足を止めた。

寄り道をしつつ、ようやくのことで浅草広小路《ひろこうじ》までたどりついたふたりの目に、見世物の風鈴屋が仮設の小屋を立てて木戸銭《きどせん》をとっているのだった。

その小屋の店先の高いところに、ビードロの風鈴が十個ばかり、透《す》き通るような音を立てながら揺れていた。

透明のビードロには、金魚やら、海の彼方《かなた》の富士山やら、朝顔やら蜻蛉《かげろう》やら花火やらの図柄が、思わず感嘆のため息をつきたくなるほど鮮《あざ》やかに描かれている。

この当時、日本ではまだビードロを作る技術がなかったため、長崎の商人から買い求めるほかなかった。

そのためビードロ製の風鈴は庶民にとっては高嶺《たかね》の花で、安い物でも二十五両《りょう》ほど（一両はおよそ八万円ほど）、高い物だと四十両近くするという代物であった。

このため実際に風鈴を買い求めるのは、困窮しつつあるとはいっても金の融通《ゆうずう》のきく旗本や大名だったり、あるいは裕福な大商人ばかりで、庶民はこうして見世物小屋で木戸銭を払って楽しむのが関の山だったのである。

こうした風鈴の見世物をやっているのは長崎から出張《でば》って来たビードロ職人が大半で、江戸や大坂、京の市内を巡業してたっぷりと木戸銭を稼《かせ》ぎ、仕舞いには売約の入った品物の大半を売約した客に納品して帰ってゆくのである。

その風鈴が庶民の手にもなんとか届きそうになるのは、天保五（一八三四）年にビードロ問屋の上総屋《かずさや》留三郎《とめさぶろう》なる人物が長崎までビードロの原料の製作法を習いに行ってからというから、今よりまだ四十年も先になってからのことである。

人寄せのために飾られた風鈴を、忠治はぼうっと見ながら、

「ちくしょう。買ってやりてえなあ」

とつぶやいた。

「うん？　誰にですか」

平八郎が尋ねると、

「えっ。あっ。いや、なんでもねえよ。独りごと、独りごと」

と話をごまかしてしまった。

けれど平八郎は、浅草田原町《たわらまち》に借りた家によく顔を出す小春《こはる》を見る忠治の目が、なんとはなしに熱を帯びたように潤《うる》んでいることに気がついている。

# 第二章　延命餅

## 一

　ようやく浅草の町中にも、大川の涼風が吹きつける時刻となった。

　生きた鰻《うなぎ》は家来《けらい》の治兵衛《じへえ》にまかせ、平八郎《へいはちろう》は運び賃の代わりということで、忠治《ちゅうじ》をともない、最近行きつけとなった小料理屋の小上がりの、いちばん土間に近い席で酒を酌《く》み交わしていた。

　加賀屋作次郎《かがやさくじろう》という四十絡《がら》みの男のやっているこの店は、実は時おり小春《こはる》が仲居《なかい》として働いている店で、珍しい物をいろいろ出すというので、平八郎もたまに訪れるようになっている。

　むろん忠治にとっては堂々と小春に会える場所だから、平八郎が姿を見せない時でも、足繁く通っているらしい。

　小春というのは、日本橋に店をかまえる伏見屋《ふしみや》という酒問屋の娘なのだが、然《しか》るべきところに嫁に出したいという親の願いから、行儀見習いのため、伝手《つて》を頼って旗本山崎《はたもとやまざき》家《け》に奉公に出た。

ところがその山崎家の姫というのが、若い男をくわえ込んでは殺しているということに気がつき、しかも事もあろうに実の弟である蜻蛉《かげろう》という源氏名の陰間《かげま》が屋敷に招かれたことを知るに至り、平八郎の助けを得て、屋敷を逃げ出したのである。

それ以来小春は、自分の身の上ばかりでなく家人に累《るい》が及ぶことを按《あん》じ、日本橋の実家には戻らずに、平八郎と同様、浅草の奥深い路地に借家住まいをしている。

その小春は今宵《こよい》姿を見せていないから、家にいるか、あるいは実家から紹介された次の奉公先に顔を出しているのかも知れない。

最初はきょろきょろと店の中を見まわしていた忠治もあきらめたと見え、小海老の佃《つくだ》煮《に》と治部煮《じぶに》をつまみながら、おとなしく冷や酒を飲み始めた。

「しかし北陸の酒ってえのは、なんというか、この料理にぴたりと合うねえ」

灘《なだ》の酒も伏見の酒も区別のつかない忠治が、そう言って舌を鳴らした。

「その土地その土地の酒というのは、料理とは切っても切れない間柄にありますからね。治部煮だの、ごりの佃煮だの、能登《のと》や加賀《かが》の料理は一見完成され尽くして、食する者の舌をなかなか受けつけないようなところがあります。しかし土地の酒を含みながらそれらを食べると、酒の精が料理の中に分け入るようにして入ってゆき、閉じ込められた旨《うま》みを存分に引き出して、舌の上で華《はな》開かせるのだと思います」

　平八郎がそう言うと、忠治はしばらくぽかんと口を開けて平八郎の顔を見ていたが、

「かあっ。なんだか小難《こむずか》しくておれっちにはわからねえが、それを聞いたらそのなんだ、料理の旨みってやつが染《し》み出て来たような気がして来たぜ。そいつぁあれだな。言ってみりゃ、一見身持ちの堅い女に見えても、その女に合った男が分けいって入って行くってえと、女の股《また》の間に閉じ込められた……」

「この馬鹿っ！」

　ゴンッという大きな音が響《ひび》いて、

「痛てて！　誰だっ！　なにしやがんでえっ」

　と忠治がたいへんな剣幕《けんまく》でふり返った。

　するとそこには忠治の妹の八重《やえ》が、三味線《しゃみせん》片手に仁王立《におうだ》ちになっているではないか。

「こ、この野郎！　兄貴《あにき》の大事な頭をその三味線で叩《たた》きやがったな。こんちくしょう、今日という今日はただじゃおかねえ。がつんとお仕置きしてやるから、裾《すそ》まくってそのどでかい尻《しり》を出しやがれってんだ。だいたいおめえみてえなお転婆《てんば》は気《き》っ風《ぷ》のいい女のそろったこの浅草でもめったにいやしねえ。だからいつまでたっても嫁になんか……」

　ゴンッ！

「あっ、痛ててて……また叩きやがったちくしょう。頭の骨が割れたらどうするつもり

だっ」

「ふんっ！　中にはどうせ腐《くさ》った溝《どぶ》みたいな水しか詰まってないんだ。少しぐらいこぼしちまったほうが、そのどすけべな性格が直ろうってもんさ！」

「な、なんだとぉ？　言うに事欠きゃ……」

「まあまあおふたりとも」

平八郎は仲が良いのだか悪いのだかわからぬ兄妹《きょうだい》の姿を、微笑《ほほえ》ましそうに眺《なが》めながら止めに入った。

「ったく、こんな兄を持ったあたしが恥《は》ずかしいったらありゃしない」

八重はぶんむくれた顔で、上がり框《がまち》にどすんと座ると、盆《ぼん》の上の湯飲みをさっと手に取って、忠治の目の前に置かれていた銚子《ちょうし》からなみなみと酒を注《つ》ぎ、一気に飲み干した。

「いつもながら、みごとな飲みっぷりですね」

平八郎が笑った。

八重というのは忠治の妹であることはすでに述べたが、平八郎の隣の家に住み、小唄《こうた》の師匠として生計を立てているのである。

江戸には珍しく鼻筋の通った佳《い》い女で、言い寄ってくる男も多いのだが、それを心配した忠治が一計を案じ、住む家を探していた平八郎を隣の家に住まわせて、ろくでもない男どもを追い払ってもらおうとしたわけである。

「よくここがわかりましたね」

平八郎が尋《たず》ねると、

「兄貴の立ち寄りそうな店なんて、たいてい見当がつくから」

八重は草履《ぞうり》を脱いで畳《たたみ》に上がり込むと、湯飲みを平八郎に向かってそっと差し出すような仕草をした。

湯飲み酒でそんな仕草をするところがまた八重さんの可愛いところだなと、平八郎は微笑みながら酒を注いでやった。

「加賀の酒かあ……あたしも一度だけ菊酒《きくざけ》をいただいたことがあるなあ」

八重がなんだかしんみりと言った。

「菊酒ですか。菊の花を浸《ひた》した水で醸造《じょうぞう》するお酒のことですね」

「うん。それまでは加賀の国の人たちが当たり前みたいに菊酒を飲むなんて知らなかったから、とにかく飲んでみなさいと言われて口にしたとき、ほんのりと菊の香りがして、驚いちゃったわ」

「そうですね。奥ゆかしい味わいですね」

「それまでは、北陸って言ったら、雪に閉じ込められた寒い国としか思わなかったけど、寒い国の寒い季節にも華が咲くんだなあって思った」

「ははは。それはとてもうまい表現ですね。加賀の国だけではありませんよ。この店のご主人が生まれ育った能登の国もそうですし、越中《えっちゅう》、越後《えちご》、越前《えちぜん》、そして出羽《でわ》や陸奥《むつ》の国々にも、寒い季節を彩《いろど》るさまざまな風物詩と工夫があります。いえ、真冬雪に閉じ込められてしまうからこそ、華もまた凛《りん》として冴《さ》えるのでしょう」

「そうよねえ。都の花は艶《つや》やかだけど、か弱く感じられることがあるわ。そこへ行くと、雪国の華は、男と同じで、しっかりと芯《しん》が通ってる」

八重がそう言って、なんだか物憂《ものう》げに吐息《といき》をつくと、

「おい待て。聞き捨てならねえ。なんだぁ？　その雪国の男ってのはよ！　いってえ誰だ！　俺の知らねえところで菊酒だか卵酒だか知らねえが、しっぽりやってたんじゃねえだろうな！」

三味線の天神《てんじん》で思い切りどつかれた頭を撫《な》でつつ、黙って酒を飲みながら会話を聞いていた忠治が、いきなり怒鳴り声を上げて、腕まくりをした。

「はあ……これだよ、江戸の男ってのは。まったく情緒のかけらもありゃしない。これが実の兄だってんだから、あたしゃ穴でも掘って隠れたいよ」

八重が忠治から顔を背《そむ》けながら、ふん、と軽蔑《けいべつ》たっぷりに鼻を鳴らした。

「なにをっ！　どんな穴掘ったって、そのどでかい尻まで隠せると思ってんのかい、この尻軽女め！」

「なに言ってんだい！　二言《ふたこと》めには尻、尻ってうるさい男だね。そんなに尻が好きなら

鍋《なべ》の尻でも抱いて寝やがれってんだ！　このすっとこどっこい！」

「言うに事欠きゃあやがって、兄貴に向かってすっとこどっこいとはなんだ、すっとこどっこいたあ！　このおかめ！」

「まあまあ、おふたりとも」

また兄妹喧嘩《げんか》が始まったと、平八郎は可笑《おか》しくてしかたがない。

最初見た時にはいささか面食らったものの、この兄妹にとっては互いの愛情表現とでも言うべきものなのだとわかってきたからである。

ひとしきり罵《のの》り合いをした後で、兄妹ふたりとも喉《のど》が渇《かわ》いたのか、冷や酒を注いでぐいと飲み干した後、

「あ、そうだ。こんな馬鹿とやり合ってる場合じゃなかったんだ」

「その馬鹿って俺のことか」

忠治が性懲《しょうこ》りもなく袖《そで》まくりをして妹をにらみつけたその時、

「小春さんから急ぎの言《こと》づてがあるんですよ」

「こ、小春ちゃんから……」

忠治は急に体から力が抜けてしまったように、その場にすとんと腰を落とした。

「小春ちゃんがなんだっててんだろ……」

もはや忠治の言葉は消え入りそうになり、うわごとをしゃべっているがごとくである。

「日本橋の、たしか越中屋《えっちゅうや》さんという薬種《やくしゅ》問屋の幼なじみが、なんでも半年ほど前から病《やまい》で臥《ふ》せってたらしいんだけど、それがここへ来て急におかしくなっちまったって知らせがあったんですって」

「おかしくなった？」

平八郎の顔からふと笑みが消えた。

「それまで高い熱が続いて苦しんでたらしいんだけど、親戚が見舞いに持って来たっていうよもぎ餅《もち》を食べたらけろりと治《なお》っちゃったんですって」

「よもぎ餅を？」

「うん。変でしょう」

「よもぎ餅をねえ……しかしそれで治ったのならいいのではないでしょうか」

「それがね。小春ちゃんも今日聞いたばかりらしいんだけど、それ以来その幼なじみは、朝から晩までよもぎ餅を食べ続けて、他のものは一切口にしないんですってよ。ちょっと気味が悪いじゃない」

「確かにそうですね」

さすがの平八郎も、思わず腕組みをして小首をかしげていた。

「いいじゃねえか。餅だろうがなんだろうが、それで治るんなら一生食い続けてりゃいいんだからよ。わらわは餅から産まれた餅姫じゃぞえ。なあんて言ってりゃいいんだから気楽なもんだ」

　忠治が茶々を入れたが、誰も相手にしない。

「だって小春ちゃんが聞いたところじゃ、これまで何人もの名医と言われるお医者さんに診《み》てもらったけど、まるで治らなかったって言うんですよ。どんな薬も効《き》かなかったって。それが餅だけで治りますかねえ」

「それで小春さんは……」

「そこの家の人に呼ばれてね。とにかく娘のそばについていてやって欲しいと頼まれたから出かけますと言って、あたしに旦那《だんな》への言づけを託《たく》して……」

「はあ。しかしなぜまたわたくしに言づけをしたんでしょう」

「いえね。薬じゃ治らないけれども、平八郎さまなら、餅なんかじゃなくて、もっと滋《じ》養《よう》があって体にいいものが作れるのではないかと相談に上がったって言ってましたよ」

「なるほど……」

　平八郎はなんだか喉の奥に小骨が刺さっているような、妙に不快な何かを感じながら目を閉じた。

「ああ、小春ちゃん。山崎の化《ば》け旗本に続いてまた災難が降りかかってくるなんて……なんてかわいそうなんだ。そうと知ってりゃこの勝蔵《かつぞう》一家の忠治さま、さっきの風鈴《ふうりん》を是《ぜ》が非《ひ》でも買い求めておけばよかったなあ」

と独《ひと》りごちた後、

「しかし今日はまたなんだって長崎づいてるんだろうな。千住《せんじゅ》の友斎《ゆうさい》って医者んとこでも病の話を聞いたし、帰りにゃ風鈴も見るし……」

と鼻くそをほじりながら言ったので、

「うわあっ！　この馬鹿！　汚《きたな》いったらありゃしない。だからあんたはいつまでたっても嫁のもらい手……じゃなかった婿《むこ》にもらってくれる家がないんだよっ。もうちょっと小綺麗《こぎれい》にしなさいよ。こんな兄貴を持ってるなんて、あたしだって嫁《い》きそびれちゃうじゃないか、まったく！」

と八重がふたたび金切《かなき》り声を出した。

「へっ！　どうせ俺は汚えよ。汚え汚えばばっちい。けどな、嫁きそびれの婆《ばば》ぁにばばっちいなんて言われてりゃ世話ねえや。おう、掘ってやる掘ってやる死ぬほど鼻くそ掘ってお前にくっつけてやる！　俺の花草餅を食ってみやがれ！」

「きゃあっ！　この馬鹿っ！」

（あ……）

その時平八郎の心で、なにかが弾《はじ》けたような気がした。

そうだ……餅だ。

あの餅……なんと言ったか……そうだ。

浅草は延寿屋《えんじゅや》の元祖寿餅《がんそことぶきもち》。

二

翌朝早く、平八郎は迎えに来た忠治をともなって家を出た。

昨夜は八重も一緒に行きたがっていた様子だったが、隣から昨日のお昼に炊いて味が染みているからと、蛸《たこ》と蕪《かぶ》を煮つけたのを持って姿を現した際に、やっぱり抜けられない用事があるからと断ってきた。

「ああ、これは旨いです」

温《あたた》め直した蛸の煮つけは、醤油《しょうゆ》と味醂《みりん》がほどよく染み込み、千切りの生姜《しょうが》がピリリと味に変化をつけて、白飯がよく進んだ。

「わたくしは、最初和食を学んでいたものの、その後南蛮《なんばん》料理に進んでしまったため、逆にこうした味に疎《うと》いところがあります。毎日作っているのもみな脂《あぶら》っこい料理がほとんどですから、こういう味に心底ほっとします」

平八郎の褒《ほ》め言葉に、八重は心なしか頬を染め、

「田舎の味だから」

とうつむいた。

「八重さんは江戸の人ではないんですか。田舎というのはどちらなんでしょう」

何気なく尋ねた平八郎に、八重は急に慌《あわ》てたように、

「え？　ああ……下野《しもつけ》」

と、まるで取りつくろうように返事をした。

「へえ。下野ですか。下野のどちらです」

「あ、あの……たぶん雀宮《すずめのみや》の辺り」

「はあ。雀宮ですか。それは聞いたことがないなあ。それでいつごろ江戸へ」

と尋ねかけたところに、忠治が、

「すまねえ。昨日うちに泊まった客人の世話をしてたら遅くなっちまった」

と息せき切ってやって来たので、話はそれで仕舞いとなってしまった。

喧噪《けんそう》の日本橋へと向かう道すがら、平八郎は八重の生まれ育った下野について思いをめぐらせていた。

忠治は、小春ちゃんへの陣中見舞いを買わなくちゃなんねえと、わけのわからぬ理屈で土産物《みやげもの》を買い求めようと、通町《とおりちょう》に面して商《あきな》いをしている大店《おおだな》の店先をあれやこれやと物色している。

今日の忠治は、鬢《びん》付け油をたっぷりと塗って綺麗に撫でつけ、紺地の芝翫縞《しかんじま》というい

かにも涼しげな小袖を身につけている。芝翫縞というのは、歌舞伎役者である初代中村芝翫が考案したもので、四本縞の間に鐶《かん》つなぎを配し、これを四鐶すなわち芝翫と読ませた役者柄《やくしゃがら》と呼ばれるもののひとつである。

「うーん、小春ちゃんが泊まり込んでるなんてったっけ、ああ、越中屋だ。いちおうその店にも手土産をやったついでということにしなくちゃなんねえし……となると、紅や白粉《おしろい》というわけにもいかねえだろうからなあ……当たりさわりのないとこで、食い物か。旦那、なにがいいかねえ。やっぱり甘いもんかねえ」

と、あっちを向いたりこっちに駆け寄ったりと、小鼠《こねずみ》のようにせわしない。

「甘い物はまずいでしょう。だってその幼なじみとやらが、餅ばかり食べて、様子がおかしいんでしょう？」

「あっ。そうか。そうだった。俺さまとしたことが、こいつぁいけねえ。危ねえ危ねえ。するってえと……」

「昼ご飯にでも茹《ゆ》でてくださいと、饂飩《うどん》か蕎麦《そば》を持って行ったらどうでしょう。昼前には治兵衛どのに頼んでおいた治部煮が来ますから、それを載せて食べるのもおつなものだと思いますよ」

「ああ……そうだな。甘いもんがいけねえとなると辛《から》いもんか。それじゃあ十軒店《じっけんだな》の三河屋《かわや》で決まりだ。親分も三河屋の麺《めん》は大好物だからな。帰りには親分のも買ってこう」

と言いながら、忠治は雛《ひな》人形で有名な十軒店の大店のひとつである万屋《よろずや》、大黒屋《おおぐろや》の隣に店を構える三河屋の店先に入っていった。

忠治が出て来るのを待ちながら、平八郎はぼんやりと日本橋のにぎわいを眺めている。

「ひやっこい、ひやっこい」

と、天秤棒《てんびんぼう》で桶《おけ》をかついだ水売りが数人、混雑する日本橋の目抜き通りに現れて、冷《ひや》水《みず》や白玉餅などを売り歩いている。

暑い盛りだから、日本橋見物に来た遊山客《ゆさんきやく》に好評のようで、売り子は思い思いの場所に桶を置いては、客をさばくのに大忙しである。

(水戸《みと》のお城でも、冷たい井戸の水を使って、白玉と砂糖の入った甘い水を作らされたことがあるなあ。それを家の人たちにも作って食べさせたことがあった。父上は本当に美味《おい》しそうに食べておられたっけ)

水売りの姿を見ただけで、江戸の夏がすうっと水戸城下での夏へと滑《すべ》り込んでゆき、まるで走馬《そうま》灯《とう》のように平八郎の脳裏《のうり》を駆け抜けていった。

自分もひとついただこうかと、平八郎は白玉餅入りのを一椀《わん》頼んで四文《もん》なりを払った。

もし藩を抜けるようなことがなかったら、あの故郷で、厄介者《やっかいもの》の三男坊として敷地内の片隅に別棟《べつむね》をもらい、釣り合いの取れた家から嫁などももらって、貧しいながらも平穏《へいおん》な暮らしをしていただろうと思う。

(あるいは年をとって、お城の台所をすべてまかされる立場になっていたかも知れないなあ)

もしそのようなことになっていたら、今とはまるで違った人生を送っていたことだろうと、平八郎はなんだか不思議な気分に陥《おちい》った。

同時に、同じ水売りを見るにしても、れっきとした藩士としての立場で見るのと、こうして浪人に身を落として見るのとでは、感じ方に大きな違いがあるのだということにもあらためて気がついた。

(人は、寄って立つ立場によって、世の中が違って見えるものであるな)

逃げるようにして江戸に出奔《しゅっぽん》するまで、そんなことは想像さえしたことがなかった。

(わたくしは武士としてよりも、今のように自由気ままな生活が性《しょう》に合っていたのかも知れない。忠治どのや八重どの、そして小春さん、蜻蛉さん……もしかすると一生会うことのなかった友人と出会えたのだから)

白玉餅をもぐもぐと食べながら、そんなことをぼんやりと考えていると、

「いやあ混んでやがったぜ」

大きな風呂敷包みを抱えた忠治の声がした。

「行列が出来てっからよ。この糞《くそ》暑いのに、なんでこんなに並んでいやがるんでえ。昼間っから化けもんでも出たかって聞いてみたらよ、今年は長崎から珍しい素麺《そうめん》が入った

ので人気を博しておりますってえじゃねえか。そりゃなんだと重ねて尋ねてみるってえと、卵を練《ね》り込んだ素麺なんだとよ。ふうん、と思って、こりゃ蕎麦や饂飩より喜ぶかもしんねえと、旦那に相談しようかと思ったらどこにも見あたりゃしねえ。こんなところで油を売ってやがったな」

「油を売ってただなんて、人聞きが悪いです」

「だって俺に土産を買わせといて、自分は甘い水を飲んでるじゃねえか。いい身分だぜ」

と、いつの間にやら土産を持って行くのは平八郎のためということに話がすり替わっている。

「ま。いいってことよ。これで旨い素麺でも作ってくれりゃ文句は言わねえぜ」

「はあ。わたくしが作るんですか？」

「わたくしが作るって、他に誰がいるんだよ」

「はあ」

そんなやり取りがあって、教えられた通り、通町筋と本町通りとの四つ辻《つじ》を東へ曲がり、薬種問屋が軒《のき》を連ねるあたりに、越中屋という目当ての店があった。

大きな暖簾《のれん》をくぐって中に入ると、すぐに若い番頭が走り寄って来て、用件を問うた。

すでに平八郎たちが来訪することは店の者に徹底されていたらしく、土間の掃除をし

ていた小僧たちが、箒《ほうき》を放り投げるようにしてふたりを上がり框に腰かけさせ、有無《うむ》を言わさず、

「おみ足をお洗いします」

と言って、盥《たらい》の水で土埃《つちぼこり》を落とし始めた。

「俺のも、おみ足ってえのかねえ……」

忠治が落ち着かない様子で、自分の足もとに集まって来た小僧たちを見下ろしている。

「これはこれは。よくお出でいただきました。手前、この越中屋で薬を商っております惣兵衛《そうべえ》というものにございまして」

惣兵衛と名乗った店の主《あるじ》が、年配の番頭ふたりとともに現れて平八郎の前に座り、手をついて深々と頭を下げたかと思うと、

「どこまでお聞きおよびかわかりませぬが……」

と水を向けてきた。

「いえ。こちらの、お豊《とよ》さんと申されましたか、娘さんが病に臥せっておられたのが、よもぎ餅を食べたら急に元気になったとか」

平八郎が答えると、

「ではあらかたお聞きおよびなのでございますね」

と、肩を落として弱り切ったような深いため息をつき、

「ともかくも、見ていただいたほうが早いかと。どうぞ奥へ足をお運びください」

と立ち上がった。

日本橋や京橋あたりの大店は、たまに訪れることがあるたびに不思議に思うのだが、入り口も広いけれども、奥行きはそれどころではなく、店、母屋《おもや》、別棟、離れ、蔵《くら》、納戸《なんど》、作業小屋、庭、中庭、池、稲荷《いなり》、東屋《あずまや》など、その店その店で造《つく》りは違うが、それだけの建物や空間が整然と納まっているのである。

どうやら娘のお豊は、離れの二階で寝起きしているらしく、平八郎と忠治は、こぢんまりとした庭を横切るようにして架《か》けられた渡り廊下《ろうか》を案内され、離れの部屋に腰を落ち着けた。

開け放たれた障子《しょうじ》から、真夏とは思えぬ爽《さわ》やかな風が流れ込んできて、反対の障子から外へと抜けていく。

その風に煽《あお》られたビードロの風鈴が、チリン、チリンと、優雅な音を響かせている。

忠治はその赤い金魚の描かれた風鈴を、じっと飽《あ》くことなく見上げていた。

「お待たせしました」

声がしたのでふり返ると、風鈴のあるほうとは反対の廊下に、小春が座って頭を下げていた。

「やあ。たいへんでしたね」

平八郎が笑顔を見せたが、小春はなんだか少しやつれたような顔をして、それには釣《つ》られなかった。

「ひどいのですか」

小春の様子を見て、平八郎もすぐに笑いを引っ込めた。

「………」

なんだかしばらく迷っている様子だった小春は、ようやく意を決したように、

「病……というより」

平八郎は小春がなにを言い出すつもりかと、固唾《かたず》を呑《の》む思いだった。

「病というよりなんでしょう」

「憑《つ》き物とでも……」

「憑き物？」

そこまで口にして、小春もようやく決心がついたのだろう。

うつむき加減だった顔をすっと上げると、

「はい。お豊さんは、もうわたくしの存じているお豊さんではありません」

と言った。

「え？」

平八郎は意味がわからず、思わず聞き直していた。

「憑き物……それはいささか……」

「ちょ、ちょ、ちょっと待ちねえ小春ちゃんよぅ」

小春に気のある忠治が分けて入った。

「そりゃ、狐《きつね》かい？　狸《たぬき》かい？　それとも犬とか牛とか馬とか？　浅草の待乳山《まつちやま》の聖天《しょうでん》さま近くに、すげえ祈禱師《きとうし》の先生がいてよ。まあこれが、なんでも追い払っちまう。一見《いちげん》の客なんかとらねえよ。なにしろ知る人ぞ知る天狗《てんぐ》使いらしいからよ。借金取りだろうが、相撲《すもう》取りだろうが、追い払えないもんはないって、もっぱらの評判だ。俺っちが口利《き》きゃあ、すぐにでも飛んでくるぜ。なにしろ勝蔵一家の忠治っていやあ……」

「会えますか？」

忠治の声がまるで聞こえないかのように、平八郎が尋ねた。

「は、はい……でも……」

「とにかく会わせてください。なんだか」

「なんだか、なんでしょう？」

小春が不安そうに平八郎を見た。

「いえ。少し思い当たるような気がしまして」

そう言って平八郎が立ち上がったのを見て、小春も慌てて腰を上げた。

忠治が、

「な、なんでえ。なにが憑いてるってんだろうねえ、旦那」

と、先ほどまでの勢いはどこへやら、急におどおどとした顔つきとなった。

三

座敷に入るなり、あまりの異様な光景に、平八郎も忠治も思わず目を見開いて立ち尽くしてしまった。

小春はまるで身体中の力が抜けてしまったかのように、座敷の中央に敷かれた花柄の夜具のそばにぺたりと座り込んだ。

五人の女中が蒼白《そうはく》な顔をしながら、その蒲団《ふとん》を遠巻きにして怖々《こわごわ》と見守っている。

「あれっ。誰か来たよ。誰？　誰？」

頭のてっぺんから抜け出たような声が響いた。

お豊らしき娘が、夜具の上にちょこんと乗って、まるで飛び跳《は》ねるようにして平八郎と忠治を見た。

しかしその目はどこか焦点が定まっていない。

いくぶん上気した顔や首を見ると、一見健康そうに見えるのだが、しばらく観察してみれば、それは常人のものとは明らかに違った様子であることがわかる。

「蒲団から起き上がれるようになったのはよいのですが、以来ずっとこの調子なのです」

ふり向くと、年老いた番頭らしき男ひとりに付き添われて、越中屋惣兵衛が立っていた。

平八郎がなにも言えずにいると、

「それまではずっと寝たきりのありさまだったのに、今では逆に、起きたまま一睡もしようとしないのです」

惣兵衛の後ろから、女中ふたりに左右から抱きかかえられるようにして、惣兵衛の妻らしき女が入って来た。

「どうしたことでしょう。もうわたくしどものことさえ、わかっているのやら、わからないのやら。どんな医者に診せても駄目なのです。伝手《つて》を頼ってさる旗本のお屋敷にも出入りしているというご高名な津川法州《つがわほうしゅう》さまという方にもこっそり診ていただいたのですが……一時は元気になったかと見えたら、結局はこのありさまでございまして」

惣兵衛の妻はそれだけしゃべると、後は、ひとり娘が不憫《ふびん》で不憫でと繰り返すばかりだった。

「そのよもぎ餅、どこで手に入れられたんですか」

平八郎が座布団を固辞して、じかに畳に座りながら尋ねると、

「はい。日本橋に新しく店を構えた栄寿堂《えいじゆどう》さんというお店から見舞いということで差し入れがあったのです。店開きの時にお世話になった近所の店の方から聞き及び、ご挨拶《あいさつ》がてらということで……お豊は最初いらないと言っていたものの、ひと口食べたらまたひと口と……それから急に血色がよくなったはいいのですが、それ以来その餅しか食べなくなってしまったのが逆に心配で……それで法州さまをお呼びしたというわけなのです」

惣兵衛は妻に寄り添うように腰を下ろしながら答えた。

「なるほど……そうでしたか」

平八郎はなにごとか考えるように腕組みをして目をつぶった。

「旦那。これからどうするんでぇ」

忠治の問いはまた、惣兵衛夫婦の問いでもあり、小春の問いでもあった。

その時廊下に番頭のひとりが小走りにやって来て、惣兵衛の背後に座っていた初老の番頭に向かってなにか耳打ちをした。

「佐々木《ささき》さま。小野《おの》治兵衛なるお方がお見えになったという知らせでございます」

そのおそらくは筆頭番頭が恐る恐るしわがれた声で言った。

「そうですか。通してください」

平八郎はようやく愁眉《しゆうび》を開いたようだった。

た。

「坊っ……若さま」

急ぎ足で座敷に入るや、他の者には見向きもせず、治兵衛は平八郎のもとにかしずい

「ご苦労でした。どうでしたか」

「平八郎さまのおっしゃるとおり、栄寿堂というのは、もと浅草の延寿屋の三代目鉢《はち》右衛門《えもん》が、日本橋に出した店でした」

「やはり……」

小野治兵衛というのは、佐々木平八郎が水戸藩を脱藩して江戸に出た時に付き従ったただひとりの家来である。

代々佐々木家に使え、台所の一切を取り仕切る家系であったが、三男坊に生まれた平八郎が次第に前途を見失い、日に日に荒《すさ》んでいくのを憂《うれ》えて、料理の道に引っ張り込んだ張本人でもあった。

その治兵衛が、平八郎になにごとか頼まれて動いていたのである。

「鉢右衛門というのは、なかなかに謎の人物にございましてな」

「謎？」

「はい。初代と二代目の鉢右衛門は、人当たりもよく如在《じょさい》のない商《あきな》いをしていたそうで評判もよかったのですが、三代目になってからは、あまり人前に出ることもなくなった

ようなのです」

「しかしご近所に顔は知られているのでしょう」

「それですが、おかしな噂《うわさ》がありました」

「はあ。なんでしょう」

「今の主人は三代目にそっくりだが、実は別人ではないかという……」

治兵衛がそう言った途端、

「なんだってえ!?」

忠治が素《す》っ頓狂《とんきょう》な声を上げた。

「なにか知ってるんですか」

平八郎が尋ねると、

「知ってるもなにも、去年の暮れ、延寿屋に押し込みが入ったんだ。うちの親分は十手《じって》を預《あず》かってるから、目と鼻の先で起きた事件を調べろと役人から命じられてさ。いろいろ動いてたんだ」

「そうでしたか」

「まあでも、鉢右衛門は押し込まれたほうなんだから別になにか疑いがかかってるわけじゃねえし、親分の調べは当然のことながら下手人《げしゅにん》捜しに向いたわけよ」

「で、押し込んだその下手人はわかったんですか」

「いや……三人組だったってことと、そのうちひとりは浪人風情《ふぜい》だったたってことだけだ。結局お宮入りよ」

「うむ……」

「さすがの親分だって、まさか鉢右衛門が偽者《にせもの》なんてことまでは勘《かん》がまわらねえやな。しかし今の話、ほんとかい？」

「確証があるわけじゃありませんが、気になることがいくつか」

治兵衛が先を続けた。

「気になること？」

平八郎は、一連の、一見脈絡《みゃくらく》のない出来事が、すべて深いところでつながっているような気がしてならなかった。

「鉢右衛門が偽者でないことを確かめようと、古い使用人を捜してまわったんですが、ことごとく死んでおりました」

「えっ」

平八郎は驚きを隠せなかった。

「明らかに殺されたようなことはなかったのですが、果たして真相はどうだったかまではわかりません」

治兵衛の顔も曇《くも》っている。

事件は、平八郎が想像していたよりもはるかに大ごとに発展しそうな雲行きだった。

「まず番頭と古株の仲居ですが、これは押し込みの際に斬《き》り殺されております」

「…………」

「下女がふたりおりましたが、ひとりは節季《せっき》で市川《いちかわ》に近い村に帰る際、あやまって川に落ちて水死。もうひとりは品川近くの村に帰ってから寝込み、後日労咳《ろうがい》とわかって空《むな》しくなったようです。もうひとりおたねという仲居がいたのですが、これは行方知れずということでございまして」

「おたね？　あ、確かおたねというのは……小春さん」

「はい。間違いなくわたくしと弟の芳松《よしまつ》が、あの恐ろしい山崎の屋敷から逃げ出した後、延寿屋さんの二階に現れた仲居さんの名前に相違ございません」

小春は本能的に、なにか奥深い事情があるのを感じ取ったようだった。

「それが行方不明ですか。これはただ事ではないかも知れませんね」

惣兵衛夫婦や店の者に気兼ねして婉曲《えんきょく》な言い方をしたが、平八郎は間違いなくこの越中屋が、なにごとかの企《たくら》みに巻き込まれたに違いないと確信していた。

「それで……」

平八郎は治兵衛に先を促《うなが》した。

治兵衛ならば、それだけの調べで終わるはずはないと全幅の信頼を置いている平八郎なのである。

「日本橋に店を構えて以来、例のよもぎ餅の名を寿餅から延命餅《えんめいもち》と変えて売り出しておりました。主の鉢右衛門はほとんど店先には姿を見せないようで、手代《てだい》に風呂敷包みを持たせ、新しい番頭さんを連れて出かけることが多いようです。なんでもご挨拶がわりにと、日本橋や京橋の大店に、餅を配《くば》って歩いているようです」

「なるほど……」

平八郎の表情がますます暗く重いものとなっていった。

「惣兵衛どの」

「あ、はい」

いきなり名前を呼ばれた越中屋惣兵衛は、跳び上がらんばかりに驚いた様子だった。

「その後も延命餅は届くのですか」

「はい。お豊が大の好物になってしまってと伝えましたら、栄寿堂さんの小僧さんが、きっちり二日にいちど持って来るようになりました」

「残りはありませんか」

「………」

娘のお豊の前で、餅の残りがあるとは言うわけにいかないのだろう、平八郎は、

「それではそれは後ほどのこととして、法州さまとやらの薬は……」

「いえ。法州先生はさじ加減の難しい薬だからとおっしゃって、その場でお豊に与えるきり、余分な薬はくださらないのです」

「そうでしたか」

座敷にいる人々は今や、お豊をのぞいて皆、平八郎の一挙一動を固唾を呑んで見守っている。

「治兵衛どの。他にもありますね」

「ご明察」

今年で齢《よわい》六十を越えた治兵衛が、悪戯《いたずら》そうににやりと笑った。

「平八郎さまは千住で、友斎という医者に会われませんでしたか」

平八郎は少し驚いて、また一方で少し嬉《うれ》しそうに、

「さすがは治兵衛どの。よくわかりましたね」

と相好《そうごう》を崩《くず》した。

「その友斎なる者、栄寿堂に出入りをしておりました」

「なんと……」

平八郎は、半《なか》ば予期していたとはいえ、驚愕《きょうがく》の事実を突きつけられたことに信じがたい思いでいっぱいとなった。

あの常吉《つねきち》、伊助《いすけ》兄弟の母親だけでなく、貧乏で医者にも通えず、中にはもう手遅れと

いう病人たちを最後まで診ようとしている友斎どのが……。

「して」

「してまた栄寿堂の鉢右衛門のほうですが、さる旗本屋敷に出入りしておりましたぞ」

「突き止めましたか」

「本所《ほんじょ》の旗本久世《くぜ》家《け》」

さしもの平八郎も絶句せざるを得なかった。

忠治が絶叫して立ち上がっていた。

「で、出たぜ！　化け物旗本の一味の名前が！」

# 四

惣兵衛夫婦に是が非でもと勧《すす》められるがまま、手の込んだ夕食をいただいた平八郎らは、酒と肴《さかな》の〆にと穴子《あなご》寿司をご馳走になってから、ようやく越中屋を後にした。

(押し寿司か……鰻でも旨いが、常吉くんと伊助くんにはまだ到底無理な料理だなあ)

お日さまが忘れていった見えない光の粒《つぶ》が、夏の夕闇《ゆうやみ》を青く彩《いろど》っているような、心地よい晩のことだった。

お豊のそばについているという小春と別れ、平八郎と忠治、治兵衛の三人は本町通りを両国《りょうごく》方面に折れ、柳橋《やなぎばし》を渡って大川沿いを拾って歩いた。

御蔵《おくら》を通り過ぎると、大川はすぐ右手に、音もなく滔々《とうとう》と流れている。

「ああ、蛍《ほたる》ですね」

土手に明滅する仄《ほの》かな黄色い光を見て、平八郎が思わず足を止めた。

三人はしばしその場で、大川の流れのようにゆっくりと過ぎてゆく夏を惜《お》しむかのように、無言で光の乱舞を眺めていた。

浅草は田原町《たわらまち》一丁目の借家に戻った平八郎と治兵衛、そして最後までとことんついてくぜと勇ましいことを言った忠治は、目の前に広げられた越中屋からもらって来た包みの中身を、まるで恐ろしいものでも見るかのような顔つきで眺めていた。

「栄寿堂の延命餅とやらです」

平八郎が腕組みをしながら苦《にが》い顔で言ったとき、隣からやって来ていた忠治の妹八重が、茶を淹《い》れて運んで来た。

八重は各人の前に湯飲みを置くと、

「美味しそうなお餅にしか見えないけど」

と言って、自分も忠治の横に腰を下ろした。

「けっ。毒かなんか入ってるに違いないんだ」

忠治の顔色は心なしか青い。

「それなら食べてみましょうか」

平八郎が言ったので、忠治は思わずぎくっと平八郎をふり返った。

「ど、毒が入ってっかも知れねえんだぜ」

「越中屋のお豊さんを見ていても、いきなり死に至るような毒ではないでしょう。千住の友斎も一味臭いが、それでも常吉くんと伊助くんの母親がいきなりあの世へ逝《い》ってしまったわけではない。むしろ逆です。まあ、大丈夫だと思いますよ」

「大丈夫だと思うって、思うぐらいじゃ困るんだけどよぉ」

「忠治さんから行ってみます？」

「ええっ！　お、俺？」

「ははは。どうです？」

「だ、駄目駄目」

「あはは。それじゃあわたくしから行きますか」

平八郎がまずはと餅に伸ばそうとした手を、治兵衛が押しとどめた。

「万が一ということもございますからな。この中でいちばん老い先短いのは拙者《せつしゃ》。平八郎さまをお守りする役目もございます。まずは拙者からが順当かと」

と言うや、さっと餅を手にして小さく割り、前歯で嚙《か》みとった。

忠治の喉がごくりと鳴った。

「ど、どうだい？」

治兵衛がゆっくりと口をもぐもぐとさせたまま、なにも言わないのを見て、業《ごう》を煮やした忠治が問い詰めた。

「ふむ」

だが治兵衛は目の玉を上へ下へ、右へ左へと動かすだけで、ウンともスンとも答えない。

「ど、どうだってんだよ。どんな按配《あんばい》だ？　死にそうか？」

そんな忠治の様子を見て、平八郎は思わず噴《ふ》き出しそうになった。

「ふうむ」

治兵衛はひとしきりうなった後、

「旨い」

と言った。

忠治は腰が砕《くだ》けそうになって、

「旨いって、おい、毒が入っててんだろうよ。毒が」

「いい小豆《あずき》を使っておりますぞ」

治兵衛がご満悦の体《てい》で言うと、

「そうですか」

平八郎は治兵衛から引きちぎった餅の残りを受け取り、ぱくりと口に入れた。

「あっ。そんなでけえの。だいじょうぶかよ」

忠治は腰がもそもそして気が気でない様子である。

「さっきから人のことばっかり気にしてさ。兄さんったら相変わらず度胸がないねえ」

八重が兄の悪口を言ったと思ったら、餅を包んである竹の皮の中にさっと手を入れ、がぶりと大きくかぶりついた。

「ああっ！　ば、馬鹿野郎、そんなでかい口開けて食らう奴があるかい！」

「ああ美味しい！　確かに特上の小豆を使ってるねえ」

八重がこれみよがしに言った。

「く、糞。この忠治さまを馬鹿にすんねえ」

最後まで残った忠治が、とうとう餅に手を伸ばした。

「あ……ほんとにうめえや。こりゃ小豆だけじゃなくて砂糖もいいやつ使ってんな。さすが日本橋で店をかまえるだけのことはあるぜ。浅草で延寿屋を名乗っていたときより格段に上だ。客の質をきちんと計算してやがるな、こんちくしょうめ」

「しかし」

もぐもぐと口を動かしながら、

「小豆と砂糖に隠れてちょっとわかりにくいですが、変わった味もしますね」

平八郎が口にすると、

「左様。薬の味がしますな」

治兵衛が事もなげに言った。

「やはりわかりますか」

「まだまだこの舌は衰《おとろ》えており申さん」

「では同時に薬の名前を言い当ててみましょうか」

「望むところでござる。せえの、でいきましょう」

まるでふたりで世間話でもしているかのような気楽な口調だった。

「それじゃあ行きますよ。せえの！」

「阿片《あへん》！」

「阿片」

「ええええっ！」

平八郎と治兵衛が、同じ答えを同時に言ったので、ふたりして腹を抱えて笑っている。

八重は目を白黒させて慌てて茶を流し込み、忠治は口から泡を吹きそうな形相《ぎょうそう》である。

「な、な、いまなんと……」

「阿片ですよ」

平八郎はこともなげに言った。

「そ、そんな馬鹿な」

忠治は自分の耳が信じられないらしい。

「阿片って、あの阿片かい？　あのご禁制どころか……あわわ、こんなところ役人に見つかっちまったら、拷問《ごうもん》受けて打ち首磔《はりつけ》だぁ」

打ち首磔というのはおかしな言い方であるが、確かに忠治が心配するように、とてつもない重罪であることには違いない。

「予想していたとはいえ、まさかという思いです」

平八郎はようやく笑いを引っ込めて真顔、いや深刻そのものの顔つきになった。

「お、俺、阿片を食べたの初めてなんだけどよ。どうなっちゃうんだ？　俺」

「一度や二度口にしたからって、なにも起こりませんよ。ただ」

「ただ……なんかあるのか？」

忠治の腰がまたもそもそしている。

「ちょっと気持ちよくなるかも知れませんね」

「気持ちよく？　気持ちよくなるのか？　そう言えばなんとなく気持ちがいいような気がして来た」

「馬鹿だねこの兄貴は！　朝から晩までいつだっておつむが気持ちいいんだから、今さら変わんないよ！」

八重がまた憎まれ口を叩いた。

「なにをっ！　人のおつむがまるでゆるみっぱなしみたいに言いやがって！　こんどってこんどはただじゃすまさねえ！」

忠治はそう言って八重につかみかかっていった。

「なにしやがんだい！　だからおつむがゆるいってんだよ！」

八重も負けてはおらず、平八郎と治兵衛の目の前でつかみ合いの喧嘩を始めてしまった。

「千住で友斎という町医者に会った時から、長崎づいているなとは思っていたのですが……まさか南蛮渡来の見知らぬ病だけではなく、阿片にまで行き着くとは思ってもみませんでした」

平八郎がそう言って嘆息したところに突然、

「たいへんです！」

と血相を変えて娘が飛び込んで来た。

「あっ！　小春ちゃん」

思わず八重から手を離した忠治は、その八重からこっぴどく頭をはたかれながら、

「痛てて……どうしたんだい小春ちゃん。そんなに大慌てでさ」

と膝《ひざ》で這《は》いずりよった。

「たいへんです。お豊ちゃんが、お豊ちゃんが……」

小春はそう言ったまま、両手で顔を覆《おお》ってわっと泣き出してしまった。

姉のことを心配して付き添って来たのだろう、弟の芳松——いや浅草で陰間をしている蜻蛉と言ったほうが通りがいいかも知れない——が、まるで美しい妹のように姉の背中をさすった。

「落ち着いてください。どうしたと言うんです」

平八郎が声をかけると、小春はなんども顔を上げて口を開こうとしてはまた顔を覆い、ようやくのことで、

「お豊ちゃんがあの世に逝ってしまったんです……どうしよう、わたくし……」

と言ったかと思うと、そのまま畳に突っ伏すようにして嗚咽《おえつ》を漏《も》らし始めた。

「ええっ？　さっきまで元気だったじゃねえかよ！」

忠治がぺたんとその場に座り込んだ。

「小春さん、もう少しくわしく」

なんども平八郎になだめられながら、小春が語ったところによると、平八郎らが帰ったのと入れ替わるようにして津川法州先生がいらして脈を取り、いつもとは違って、急用があるからと薬を置いて帰ったらしいというのだ。

らしいというのは、法州先生をお見送りする際の騒ぎで、たまたまお豊がひとりとな

ってしまい、その隙に薬包《やくほう》に入れられた粉薬をすべていっぺんに飲んでしまったようなのだが、その分量がいかほどあったか誰にもわからないというのである。

「おそらくふだん通りふたつだとは思うのですが」

と、小春に尋ねられた惣兵衛は取り乱しながらもそう言っていたそうであるが、真相はわからない。

怪しい。

平八郎の勘がまた動き始めている。

「わたくしが離れの二階の座敷に戻ると、お豊ちゃんはすやすやと寝息を立てて眠っていて……とにかくよく寝て一日でも早く起き上がれるようになって欲しいと思って、ずっと寝顔を見ていたんです。そしたらなんだか急に息が乱れるようになってきて……どうしたのかと思って様子を見ていたら、ひどい高熱で、寝汗までかいてうなされ始めたんです」

小春の瞳《ひとみ》から、涙が幾筋も流れ落ちたが、小春はもはやそれを拭おうともしなかった。

「戻って来た女中さんにすぐにみなさんに知らせてくださいと言って、越中屋さんはすぐに法州先生を呼びにやらせたのですが、さる藩に往診に行ったままで、おそらく今日は戻らないだろうと言われてしまい、知り合いで大伝馬町《おおでんまちよう》に住むお医者さんを呼んできたのですが、気付け薬のようなものを与えただけで首をひねってしまい、わたしにはお手上げですと……そうしているうちにお豊ちゃんが息をしなくなってしまって……」

小春はふたたび突っ伏して、わっと泣き出してしまった。

平八郎も忠治もどう言葉をかけていいかわからず、ただ黙って下を向くよりほかなかった。

「なにか、大きな企みが動いているような気がします」

しばらくしてから平八郎が、皆に聞こえるか聞こえないかのような小声で言った。

「御意《ぎょい》にござりまする」

治兵衛が眉間《みけん》に皺《しわ》を寄せながら、小さく、だが心に決意を秘めた様子でうなずいた。

## 五

真夏の夜が更《ふ》けていった。

さすがに深更《しんこう》ともなると、日中の蒸《む》し暑さが嘘《うそ》のようにどこかへ消えて、勢いを取り戻したかのように、大川を伝う涼風が町中に居残った熱を追い払ってゆく。

下谷《したや》の俗に御《お》徒町《かちまち》と言われる一帯には、東の大川に近い方面に大名の上屋敷《かみやしき》が並び、北には東照宮《とうしょうぐう》や寺々が林立しているのだが、その合間には比較的小さな武家屋敷がぎっしりと軒を連ねている。

町人の長屋とは比べものにならないほど広い屋敷ではあるが、それでも武家の長屋とでも形容してよいと思われるほど密集した地域なのだ。周囲の屋敷より一段高い塀《へい》をめぐらしてござ

「ここですな。それにしても厳重ですな。周囲の屋敷より一段高い塀をめぐらしてございます」

治兵衛が声をひそめながら平八郎に告げた。

平八郎は黙ってこくりとうなずく。

なにかあったときの連絡役としてついて来た忠治の喉がごくりと鳴った。その傍《かたわ》らには、矢介《やすけ》、兼吉《けんきち》という勝蔵一家の若い者ふたりが緊張した面持ちでくっついているはずである。

治兵衛がここだと言ったのは、薬種問屋の越中屋に教えられた御殿医《ごてんい》津川法州の居宅であり、御殿医は武家に準ずるあつかいを受けていたため、こうした武家屋敷に住むことを許されていたのである。

屋敷町はすっかり寝静まっており、時おり遠くから犬の遠吠《とおぼ》えが聞こえる以外、物音ひとつしない。

治兵衛は背中の行李《こうり》から細縄を取り出して結び目を解《と》いた。

縄の端がするすると地面に伸びて、おそらくその長さは四丈《じょう》（一丈は十尺《しゃく》で、およそ三メートル）以上あったのではなかろうか。

治兵衛の行李の中には、商売道具である庖丁《ほうちょう》など調理道具がぎっしりと詰められているのだが、底の部分や側面の板に仕掛けがしてあって、どこからなにが出て来るかわからない。

事実、前に旗本の久世家からの追っ手に囲まれたときにも、中から仕込み刀はもちろん、手裏剣《しゅりけん》だの目つぶしだのが出てきて、平八郎に言わせれば、

「物騒《ぶっそう》な細工箱《さいくばこ》」

なのである。

片方の端になにか錘《おもり》のようなものがついたその細縄を、治兵衛は右腕で器用にまわし始めた。

やがて治兵衛は、

「むっ」

という気合いとともに、狙《ねら》いをつけた松の梢《こずえ》めがけて縄を放った。

その縄は、まるで蛇《へび》のように鎌首を持ち上げたかと思うと、梢に届いて首を垂《た》れるようにした。

間髪を容《い》れずに治兵衛が縄を引くと、その蛇の首はくるくると梢に巻きつき始め、治兵衛が頃合いをみてすっと斜《なな》めに縄を引いた刹那《せつな》、首はみごとに自分の身体に巻きついたようになって動かなくなった。

「すげえ」

忠治が思わず声を漏らしていた。

だが平八郎はあたかもそれが当然のごとく、するすると縄を使って塀をよじ登り、あっという間に塀の瓦《かわら》に上がってしまった。

すぐさま治兵衛が後に続く。

「ま、待ってくれ。俺っちも行くよ」

忠治が慌てて声をかけた。

「その方は示し合わせた通り、そこにおれ」

治兵衛が言うのを、

「てやんでえ。いっつもいっつも繋《つな》ぎ役なんて楽な立場でいられるかってんだい。今日という今日は、俺さまも行く。誰がなんてったって行くったら行く」

と半分憤慨《ふんがい》して言い返しながら、

「いいか。俺は中に入るが、お前たちはなにかあったら、すぐに親分のところに知らせに戻るんだぞ。とにかく足を使え。万々が一、途中で襲われるようなことがあったとしても相手にするな。とにかく韋駄天《いだてん》のなんとかってつもりで駆け抜けろ」

「あ、兄ぃ。万々が一ってのはあるのかい？」

矢介という若いのが恐る恐る尋ねる。

「馬鹿野郎！　めったにねえから、万々が一って言うのよ」

忠治は自分を慕《した》ってくる若い者に、自分なりの流儀で愛情を示すと、平八郎と治兵衛の後を追って、自分も塀によじ登ろうと縄に手をかけた。

しかし細縄というのは安定が悪く、地面から足を離してぶら下がったとたんに身体がくるりとまわってしまう。

「な、なんだってんだこの縄はよ。どうせなら梯子《はしご》を出せってんだ梯子を」

忠治はぶつぶつ言いながら、結局若いのふたりに手を組ませ、それを踏み台代わりにしてなんとか塀の上に立った。

「人の気配がしますね。それも殺気だってる」

平八郎が、塀の上で片膝をつきながら、月夜の闇の中を探っている。

「若。やはりただの医者ではございませんな。十分お気を付けて」

治兵衛も屋敷内のただならぬ気配を察したのだろう。油断なく身構えている様子が伝わって来た。

「忠治どの。物音を立てぬようにな」

治兵衛のややきつい口調に、

「てやんでえ。この勝蔵一家の忠治さまとあろうもんが、そんな間の抜けたことをしでかすわけがねえだろう」

と震える声で答えた忠治は、塀から飛び降りるとき、ぶざまにドスンと尻から落ちた。

「しぃっ」

治兵衛が舌打ちしながら忠治を叱《しか》り、周囲をうかがった。

「幸い気づかれなかったようですね。行きましょうか」

平八郎が、まるで物見遊山にでも出かけるような口調で言った。

三人は、母屋と見える方向へと、小走りに走っていった。

屋敷内は広いが、薬園が大半を占《し》め、夜目にも贅《ぜい》をこらしたと見える母屋以外には、少し離れたところに質素な建物が建っているだけだった。

おそらくそちらは、法州の弟子あたりが寝起きしている作業場なのではあるまいか。

「ここから見えるだけで、三人ですか。表には五、六人といったところでしょうかね。はたして屋敷の中には何人いるか」

母屋に近づき、銀杏《いちょう》の樹の陰で片膝をついて様子をうかがっていた平八郎が言った。

夏の夜の熟《う》れて溶けそうになっている月の光が、母屋の屋根を飾る大きな鬼瓦《おにがわら》を照らし出している。

「行きましょうか」

平八郎は落ち着き払った口調で言うと、静かに立ち上がり、太刀《たち》を抜いた。

すすすっと木々の陰を伝うようにして、平八郎が走り、治兵衛が後に従う。

「ま、待ってくれよ」

と忠治が声を出そうと片腕を伸ばしかけたとき、うめき声すら立てる暇もなく、見張りの侍《さむらい》三人が崩れ落ちていた。

「き、斬っちまったのかい」

忠治が慌てて追いかけて来た。

「まさか。峰《みね》打ちです」

平八郎が答えている間に、治兵衛がまたなにやら行李に手を伸ばして、雨戸を外し始めた。一見、小柄《こづか》か棒手裏剣のように見えたが、特殊な道具であるらしい。

雨戸はあっという間に音もなく治兵衛の両手に収まり、横手に立てかけられた。

すうっと、まるで影が動いたかのように、治兵衛が屋敷内に軽々と跳び上がった。平八郎は忠治を先に行かせ、背後を警戒しながら中に入った。

「何者っ！」

座敷に入った途端、鋭く誰何《すいか》する声が聞こえた。

平八郎がひとりの首もとに手厳しい峰打ちをお見舞いするのと、治兵衛がもうひとりに当て身を喰《く》らわせるのと、ほぼ同時だった。

侍ふたりは瞬《また》く間に沈黙したが、時すでに遅かった。

「くせ者っ！」

「出会えっ」

屋敷内がたちまちのうちに騒がしくなり、どかどかと足を踏みならして近づいて来る音がした。

「ど、どうするんでえっ」

忠治が懐《ふところ》の匕首《あいくち》を抜いて身がまえたが、

「さほど人数は多くないですね。えっと……八人ほどかな？」

のんびりした口調で平八郎が言った。

「な……」

忠治はあきれ顔で平八郎を見た。

「八人もいりゃ十分だってえの！」

そう叫んだ忠治が両手で匕首を握り、右に左に向きを変えながら、近づいて来る音の方角に敏感に反応しているのが妙に滑稽《こっけい》だった。

「何者だっ。そこを動くなっ」

すでに抜刀している侍たちが、正面と左右の襖《ふすま》をいっせいに開いて現れ出でた。

だが平八郎は侍たちの顔をさあっと撫でるように眺めたかと思うと、

「法州先生に用事があって参りました」

と、奥座敷があると思われる方向に向かってずかずかと歩き始めたではないか。

「な……待て待てっ」

侍たちも、治兵衛も忠治も、平八郎の予想もしない行動に、いかにも戸惑い、意表をつかれた様子である。

機先を制する、とはまさにこのことであろう。

慌てた侍たちが、刃をむき出しにしたまま後を追いかけ、そのまた後ろを治兵衛と忠治が追いかけるという予想もしない展開となっていた。

「な、なんで斬りかかって来ねえんだ？」

歩きながら忠治が尋ねると、

「さすがは若じゃ。相手が由緒《ゆいしょ》正しい家の武士であることをひと目で見抜いたのであろう」

と治兵衛が警戒は怠《おこた》らないものの、感服したように言った。

「どういうことだ？」

「先ほど外にいた侍は、あれは下《した》っ端《ぱ》だ。ところがこの連中、いかにも上等そうな着物を着ているじゃないか」

「あ、ああ……そう言えばなんだか育ちがよさそうだな」

「しからばいきなり斬りつけては来るまいと、若さまは瞬時のうちに悟ったのだ」

「はあ……そんなもんかねえ」

合点《がてん》が行かない様子の忠治は、それでも匕首をしっかりと握りしめている。

前方の襖ががらりと開いた。

そこにはふたりの老人が上座と下座に相対し、物静かに語り合っていたところだった。

「誰じゃな」

下座の、いかにも医者然としたほうの老人が口を開いた。

「突然お屋敷に乱入して失礼つかまつります。拙者佐々木平八郎と申す浪人者にございますが、津川法州さまに火急の用件がございまして、あえてご無礼つかまつった次第」

平八郎は許しを乞《こ》おうともせず、勝手に座敷に入ってすぐに腰をおろして頭を下げた。

「ほう。お主《ぬし》がの」

上座に座っていた大身《たいしん》そうな老武家が、招かれざる客の来訪に動じることなく、目を細めた。

平八郎の背後には治兵衛と忠治が立ったまま四方に向けて刃物をかまえ、その周囲をお付きの侍たちが血相を変えて取り囲んでいる。

「わたくしのことをご存知なのでしょうか」

驚いた平八郎が尋ねると、老武家は、

「ふふ」

と意味ありげに笑っただけで、答えようとはしなかった。

平八郎は、ここは無理に押しても無駄とあきらめ、本筋に戻った。

「して、津川法州先生はいずこに」

すると老武家は、目の前にいる医者らしき口ひげをたくわえた初老の男と目を合わせて苦笑した。

「お主の前におるわ」

「は？」

平八郎は面食らった。

驚いたのは、治兵衛も忠治も同様だった。

「ま、待ちやが……れでごぜえます」

敬語などほとんど使った例《ためし》のない忠治が、なんだかしどろもどろになりながら、

「つ、津川法州先生というのは、失礼でござんすが、こう、なんて言うか、もっと若い、そのぉ、黒髪の、背の高い、すれ違った女がちょっとふり返るような……なんてえ聞いてきたんですが、どう見たってさいじゃござんせんよね」

と物申すと、

「これはこれは……遠慮《えんりょ》のない御仁《ごじん》じゃやな」

と老人が笑い、

「儂《わし》がその津川法州じゃ」

と言った。

「え、ええっ？」

「確かに儂は、若くもないし、黒髪でもなく、背も低いし、すれ違ったおなごがふり返りはせんだろうが、法州であることに間違いはない」

みずから法州と名乗った男は、苦笑が止まらない様子であった。

「いや、俺っちが思ってたのはこんな……」

「こんな爺《じじ》ぃではないか」

「あ、いや、そういう意味じゃなくってよ。そのぉ」

忠治はむにゃむにゃと口ごもってしまった。

「こちら様が法州さまでございますか」

平八郎も驚きの色を隠せない。

「ふふふ」

老武家が脇息《きょうそく》にもたれるようにしながら、扇子《せんす》をぱちんと鳴らして畳んだ。

「どうやらその方らも、偽《にせ》の法州に一杯喰わされたと見えるな」

「偽？　偽の法州とは……」

「まあ、話をする前に、双方刀を引かぬか。ちらちらとまぶしくていかん」

老武家がそう言ってからからと笑うと、警固の侍たちが、憮然《ぶぜん》としながらも刀を鞘《さや》に収めた。

警戒怠りなく気を配ったまま、治兵衛も仕込み刀を行李の中へしまった。それを横目で見た忠治も、あわてて匕首を懐に突っ込み、胴に巻いた晒《さら》しに挟《はさ》んだ。

老武家は、

「儂の素性《すじょう》を明かすわけにはいかんが」

と前置きをした上で、

「このところ、武家屋敷や富裕の商人の家に、津川法州と名乗る偽医者が出没しておってな。南蛮から仕入れた高価な薬だと痴《し》れ言《ごと》を申して、大金を騙《だま》し取っておるのだ」

と言った。

「偽の法州が南蛮の薬を……」

平八郎は絶句していた。

「なにしろ御殿医ともなれば、将軍かどこぞの藩主しか診てもらえぬわけだから、逆に言えば、ほとんど面が割れておらぬということになる」

老武家は笑いを引っ込めたかと思うと、今度は急に渋面《じゅうめん》を作り、

「それをいいことに、御殿医さま、御殿医さまと、病人やその家族の、藁《わら》にもすがりたいという気持ちを悪用しておるのじゃ」

と言った。

「金だけではありますまい」

ようやく、ぼんやりとではあるが、さまざまな疑惑や不可解な出来事が次第に像を結び始めたと感じた平八郎の口を突いて出てきたのは、

「阿片ではないでしょうか」

という、自分でも信じられないような言葉だった。

「な……」

老武家は瞠目《どうもく》して脇息から身を起こし、穴が開くかと思われるほど長い間、平八郎を凝視した。

「お主……」

平八郎は続けた。

「金だけが目的でしたら、わざわざ法州さまの名を騙《かた》ることはありますまい。一連の事件を操《あやつ》っている相手の黒幕は、御殿医さま、という肩書が欲しいからだと考えるのが自然です」

「う……む……」

「そして一方では、法州さまの名誉を傷つけ、失脚させることもまた、目的のひとつであるやも知れません」

口調こそ柔らかいものの、平八郎の舌鋒《ぜっぽう》は、その場にいる者すべてを凍《こお》りつかせるほ

ど鋭いものだった。

　平八郎は続けた。

「と申しますのは、よしんば偽の法州さま事件が公《おおやけ》になりましても、偽者はただ姿をくらませばよいだけのこと。残された本物の法州さまが、ご公儀から詮議《せんぎ》を受ける羽目となり、その権威が失墜《しっつい》してしまうおそれもあるかと思うからです」

「その黒幕とやらがおるとして、なぜ法州を失脚させたい」

「わたくしごとき卑賤《ひせん》の者にはわかりかねますが、拙《つたな》い知見にて申し上げれば、おそらくは将軍さまのお側に、別の御殿医を侍《はべ》らせたいという思惑《おもわく》があってのことではないでしょうか」

「なにゆえ」

「拙者にはそこまではわかりません」

老武家は、本物だという津川法州とふたたび目を合わせた。

ややあってから老武家は、

「阿片の件、一切口外無用《こうがいむよう》。よいな」

と厳しい顔を平八郎に戻した。

「はあ……」

「不正があらば糺《ただ》してもかまわぬがな」

いささか不満そうな顔をした平八郎に、老武家が言い足して、にやりと笑った。弱輩《じゃくはい》に対する心遣いの一種であっただろう。

だがその配慮に対して平八郎は、

「守れませぬ」

と驚いたことを口にした。

「な、なんじゃと！」

「こちらが本物の津川法州さまであると仰《おお》せられたのも、ご貴殿ひとりでございます。どちらのどなたかわからなければ、信じたくとも信じようがございません。また阿片に関して口外無用とお命じになられましても、はいかしこまりましたとお約束できかねます」

「こ、こやつ……」

老武家の顔が朱色に染まった。

「わ、若」

心配した治兵衛が背後から注意をうながしたが、平八郎はまるで聞く耳持たなかった。驚いたことに、その老武家は傍らに置いてあった刀に手をかけていた。警固の侍たちもいっせいに殺気だった。

「むう」

が、次の刹那《せつな》、老武家は落ち着きを取り戻したか、浮かしかけた腰を元通りにすえ、

「噂に違《たが》わぬ男じゃ」

と、お手上げだと言わんばかりに大きく嘆息した。

「これも口外無用じゃぞ」

老武家は念を押すように平八郎をにらんでから、

「信明《のぶあきら》と申す」

と名乗った。

「信明……さま」

はて、どこぞで耳にしたことがあるぞ、と平八郎は思ったが、とっさには浮かんで来なかった。

「無礼者！　ここにおわすは時の老中首座《ろうじゅう》松平《まつだいら》信明さまにあらせられるぞっ！　頭《ず》が高いっ」

老武家の代わりに、警固の侍が刀の柄《つか》に手をかけながら立ち上がっていた。

「ははっ」

さすがの平八郎も驚いて、すぐさまその場に平伏《へいふく》していた。

「ぐわわ」

忠治も蛙《かえる》がつぶれたような声を出しながら、畳に額《ひたい》をぶつけるようにして頭を下げた。

松平信明といえば、「寛政《かんせい》の遺老《いろう》」として世間でその名を知らぬ者はない。

現将軍である十一代家斉《いえなり》公は、養父であった十代家治《いえはる》公の急逝《きゅうせい》により、弱冠《じゃっかん》十五歳にして将軍職を継《つ》いだのであるが、幼い将軍ゆえに、これもまた将軍後継者として名前の挙がっていた松平定信《さだのぶ》の補佐を受ける形となった。定信は緩《ゆる》み始めた幕府の体制を再興《さいこう》し、財政立て直しをはかったのだが、そのあまりに厳格な手法に上層部から批判の声が上がり、家斉は実父一橋治済《ひとつばしはるさだ》と謀《はか》り、定信を罷免《ひめん》したのである。

ここに世に言う「寛政の改革」は終わりを告げたのであるが、改革それ自体がすぐさま潰《つい》えたわけではなかった。

今こうして目の前にいる松平信明を筆頭に、定信が任命した戸田氏教《とだうじのり》、本多忠籌《ほんだただかず》らが改革を続けていたのである。

老武家はおのれの素性が知れてしまったことで、あきらめがついたのか、あるいは生意気な口をきいていた平八郎が目の前で拝伏したことに満足したのか、

「佐々木平八郎とやら」

と、天井を見上げながら深いため息をつき、

「ここまで足を踏み入れた以上、もはや後戻りはできぬぞ」

とつぶやくように言った。

「…………」

「その方らに名が知れた以上、そちが口にした黒幕とやらの姿も、おのずと見えてくるじゃろう。あたかも蛇のように執拗《しつよう》なやつらじゃ」

老武家はそこまで言うと、皺《しわ》深い顔をしかめ、静かに目をつぶった。

言葉を発する者は、誰もいなかった。

そしてもういちど大きなため息をついたかと思うと、

「近いうちに屋敷に参れ」

信明がぽつりと言った。

それが、平八郎と信明との初めての出会いだった。

いやそれより、平八郎が幕府内の争いに巻き込まれる端緒《たんしょ》となったというほうが正しいかも知れない。

「は」

平八郎が頭を下げ直すと、

「お主、水戸におる頃、料理の腕を磨《みが》いたそうじゃの」

信明が立ち上がった。

この人は、なぜ自分のことを知っているのだろう。果たしてどこまで知っているのだろうか。

平八郎が測りかねていた時、

「なにしろこの歳《とし》ともなると、暑さがとりわけ応《こた》えてのう。なにか精のつく物でも食べさせてはくれぬか」

信明が平八郎の頭上から声をかけた。

「なにがよいかのう……」

信明は真剣に考え込んでいた様子だったが、やがて、

「そうじゃ」

まるで子どものように手を叩いて、

「鰻……鰻がよい」

「は？」

「府内では二十年も三十年も前から、鰻の蒲焼きというものが流行《はや》っておるそうではないか。なにしろ儂は、三河《みかわ》にも帰らず、ひたすら定信さまのお側にお仕《つか》えしておったし、とてもそんな贅沢《ぜいたく》をしに町へ出かけられる雰囲気ではなくてな。いまだ口にしたことがないのじゃ。死出の土産に、ぜひとも味わってみたくての」

「はっ」

「これだけ長い間、身を粉《こ》にして働いて来たのじゃ。あの厳格な定信さまも大目に見てくださるじゃろうて」

「承知つかまつりました」

平伏し続ける平八郎の耳に、信明と警固の者たちが座敷を去ってゆく音が聞こえてきた。

その後本物という津川法州に失礼をわび、暇《いとま》を述べた後、平八郎は夜道を押し黙って歩いていたが、

「長崎に続いて、こんどは鰻ですか」

と、突然くすりと笑った。

「なにかが、平八郎さまを導いていなさるのかも知れませぬな」

治兵衛が応じた。

「ひと寝入りしたらよ、蒲焼きで一杯飲《や》りながら朝飯でも食おうぜ。俺はもう緊張しっぱなしで、腹が減ってたまらないぜ」

そう言ったとたん、忠治の腹がぐうと鳴った。

「不思議な腹だな。緊張すると、ふつう食欲がなくなるのではないのか」

治兵衛がさも可笑《おか》しそうに応じたので、三人は夜道を笑いながら歩き続けた。

# 第三章　月と鰻の宴

## 一

　土用の丑《うし》の日などとっくに過ぎたというのに、江戸っ子の蒲焼《かばや》きに対する情熱は衰《おとろ》えることを知らない。

　実は鰻《うなぎ》というのは本来、「下《くだ》り鰻」と言って、十一月頃に捕《と》れたものがいちばんと言われているから、丑の日を過ぎれば過ぎるほど、実は美味《おい》しくなるのである。

　この蒲焼きという調理法、今から四十年ほど前の安永《あんえい》の時代に、それまではごく庶民の食べ物だった鰻が、料理屋のようなきちんとした佇《たたず》まいの店から提供されるようになってからというもの、料理法も日に日に進歩を遂げていった。

　さらに十年ほど後の天明《てんめい》期になると、京橋と新橋との中間にある尾張町《おわりちょう》に店開きした寿々記《すずき》を始めとして、七軒もの鰻屋が看板を掲げるようになり、連日客であふれて大いに賑《にぎ》わうようになった。

それまで鰻というものは、あくまで川魚の一種として、棒手振《ぼてふ》りの魚屋や辻売《つじう》り、あるいは大川に浮かぶ物売りの舟があつかっており、鰻料理をもっぱらとする店はなかったのである。

しかもその売り方にしても、注文をしてその場で割《さ》いてくれたものを家に持ち帰り、煮るなり焼くなり、自分で調理をするというのが建前《たてまえ》であった。

さらに大坂に至ってははるか後世まで、江戸のような鰻の専門店というのは発達しなかったようである。

諸説あるけれども、これは関東一円が醤油《しょうゆ》の名産地であり、この関東風の醤油が鰻と出会うことによって、江戸っ子の甘辛《あまから》好みの舌にぴたりと合ったからだと言われている。

しかしながらこの蒲焼き、なかなか素人《しろうと》ではうまく調理出来ないほど奥が深くて、専門の職人でなければ見目麗《みめうるわ》しく割くことは出来ないし、川魚特有の臭《くさ》みがとれるものではないし、第一タレの優劣が物を言ったから、高いのがわかっていながらも、江戸の住人はそうした専門の店に足を運ぶしかなかったのである。

「しかし朝から晩まで、これだけの量の鰻を割いたのは生まれて初めてでござる。まったく髪から着物から、鰻の脂《あぶら》臭くてかないませぬ」

治兵衛が割いたばかりの鰻に串《くし》を打ちながらぼやいた。

その調理台には長方形の炉《ろ》が置いてあって、焼き上がった鰻をはずしてもなお、炭の上に落ちた脂が、ぶすぶすと煙を上げていた。

「ははは。拙者《せっしゃ》も同様です。水戸《みと》のお城で鰻の料理を作ることはあっても、こんなに蒲焼きばかり作ったのは初めてです」

「お城では肉のほうが好まれていたでしょうからな」

「その通りです。肉と鰻を並べてしまえば、どうしても肉のほうが味が強い。結局蒲焼きというのは、言ってしまえばタレと粉山椒《こなさんしょう》の味ですから」

「確かに。拙者も蒲焼きは好きですが、結局は川魚の臭みをタレと山椒で誤魔化《ごまか》しているような気がしてなりませぬ。穴子《あなご》も鱧《はも》も泥鰌《どじょう》でさえ、同じやり方で調理すれば、結局さほど大差のない味になってしまう」

「治兵衛《じへえ》どの。ご老中《ろうじゅう》さまみずから、鰻尽くしを食べてみたいと所望されているのです。それはいささか言い過ぎではないでしょうか」

「あはは。いや、確かに身も蓋《ふた》もありませんでしたな」

いつものように、平八郎《へいはちろう》と治兵衛の主従ふたりは、昔と変わらず、こうして仲よく厨房《ちゅうぼう》で作業をしていたのである。

あの水戸の実家で料理をこしらえていた日々が、たまらぬ懐《なつ》かしさとなって平八郎の脳裏《のうり》によみがえっていた。

（父上、母上、兄上たちは元気でおられるかな）

もはや二度と水戸藩の領内に立ち入ることを許されぬ立場となってしまったことで、望郷の思いはよりいっそう強くなるばかりだった。

「しかし治兵衛どのがおっしゃるように、蒲焼きばかり腕を磨《みが》いていても、それではご老中の舌は満足しないでしょう」

「はあ。ではなにか別のものでも？」

「まずは、鰻もどきを作ってみましょう」

「もどき、ですかな？」

もどきと言えば当時、不殺生戒《ふせつしょうかい》という仏教の思想に基《もと》づき、肉や魚介類を使用せずに、それらに似た味わいを作り出した精進《しょうじん》料理のことを指す。

「ええ。蒲焼きの後に鰻もどきを出しても口直しにはなりませんが、まあ、座興《ざきょう》のひとつとして」

「なるほど。一案ですな。となると、豆腐《とうふ》と大和芋《やまといも》の粉、でよろしいでしょうかな」

「はい」

治兵衛はさっそく、井戸端の盥《たらい》で冷やしてある木綿豆腐を取りに行った。

その盥の横には深い笊《ざる》が三カ所、それぞれ四つずつ積み重ねられており、中には新鮮な鰻が、ぬるぬると塊《かたまり》となって動き回っている。

そしてこの暑い夏に鰻がくたばってしまわぬよう、時おり柄杓《ひしゃく》で冷たい水をかけているのは、なんとあの千住《せんじゅ》の宿の常吉《つねきち》、伊助《いすけ》兄弟なのであった。

「どうだ。疲れたか」

治兵衛が尋《たず》ねると、

「ううん。こんな簡単なの、一日中だって出来らあ」

兄の常吉は威勢よく返事をしたが、弟の伊助のほうが、

「おらはちょっと腕がしびれた」

と弱音《よわね》を吐いた。

「そうだろう。釣瓶《つるべ》で水を汲《く》んで、それを笊にかけ続けるというのは、大人でもなかなか出来ることではないぞ。ふたりとも偉いな」

「へへ……」

「ちょっと休みなさい。ほれ、これで冷水《ひやみず》でも水菓子でも、なんでも買っておいで」

治兵衛はそう言うと、懐《ふところ》の巾着《きんちゃく》から二十文《もん》ほど取り出して常吉に握らせた。

「えっ、こんなにいいの？」

常吉はなんだかおどおどした顔をして、もしやすぐ取り上げられるのではないか、大人の冗談《じょうだん》ではないかと、治兵衛を見上げている。

なにしろ冷水であれば四文（一文はおよそ二十円ほど）、串に刺した団子《だんご》のたぐいであれば三文で買える時代である。

二十文あれば、ふたりでさらに西瓜《すいか》にでもかぶりつけるだろう。

「ああ。かまわん、かまわん。それより広小路《ひろこうじ》への道はわかるな」

「うん！　わかるよ。忠治《ちゅうじ》おじさんに教えてもらったから、もう迷わない」

「これ。おじさんなどと言ったら、また機《き》嫌《げん》を悪くされるぞ。お兄さんと言わなければ」

「あっ。そうだった。忠治兄さんだった」

常吉はもらった小遣《こづか》いを握りしめ、幼い伊助の手を取ると、裏木戸を開けて表通りのほうへと出て行った。

まだ人々の情も厚く、人さらいなどよほどのことがない限り出遭《であ》うことのない、のんびりとした温《あたた》かい時代のことだった。

結局自分の子どもを持つことが出来なかった治兵衛は、ふたりの後ろ姿を目を細めながら見送ると、豆腐を汲んだ盥を抱えて土間《どま》に戻ろうとした。

その時隣の借家に住む八重《やえ》が、庭の垣根越しに、

「治兵衛さま」

と声をかけてきた。

「これは八重どの。早いお帰りだな」

「ええ。今日は座敷は入っていませんで。本所《ほんじょ》の娘さんたちに三味線《しゃみせん》を教えて、そのま

ま帰ってきたんですよ」

「そうかね。いまちょうどあの兄弟ふたりが菓子を買いに出て行ったところだが、すれ違わなかったかね」

「ええ。見ましたよ。なんだか風車を売る行商人の前で、口を開けて見入っていましたわ」

「おお、そうか。風車か。きっと欲しかったのだろうな。菓子を買って、なおかつ風車も買えるかどうか、懸命に頭をめぐらせているに違いない」

治兵衛はそう言って相好《そうごう》を崩《くず》した。

「ところで、なにかご用かな」

「ええ……今朝お話ししようと伺《うかが》ったのですが、おふたりともお留守のようだったので」

「うむ。少しばかり食材を買い求めに出ておってな。して、いったいどのような」

「はい。実は小春《こはる》さんと弟の芳松《よしまつ》さんが、昨夜遅く、不意にやって来ましてね。蜻蛉《かげろう》さん、呼ばれちまったそうなんですよ」

「呼ばれた？　またどこかの屋敷にか」

「ええ。そう。平八郎さまと治兵衛さまにご相談しようと思って来てみたら、いらっしゃらないってうちへ」

「それはまあ、いろいろと潮合《しおあ》いが悪かったなあ。平八郎さまのお供をして千住まで出かけ、帰りにあの兄弟を連れて帰ってきたというわけなのだ」

「あら、そうだったんですか。ふたりのお母さん、亡くなったんですってねえ」

「聞いたか」

「ええ。今日出かける前に見かけたもんで、声をかけてみたら……」

「かわいそうなことをした。父親はもう酒浸《びた》りで、子どもを育てられる状態じゃなかったのでな。平八郎さまが憐《あわ》れに思って、しばらくここへ住まわせてやろうということになったのじゃ」

治兵衛はやれやれというようにため息をついた。

その胸の内を察したのか、八重が、

「それじゃ治兵衛さまもたいへん。平八郎さまのおもりだけじゃなくて、また細《こま》かいのまでふたりも増えてしまって……だいじょうぶですよ。あたしがお手伝いしますから」

と言うと、

「ははは……まことにそうなのじゃ。いや、八重どのにそう言ってもらえると心強い」

治兵衛は冗談めかして笑ったが、その実、顔は真剣そのものだった。

「で、その屋敷とやらじゃが、なにか問題がありそうじゃな」

「それが大ありなんですよ。へたすりゃ命がけだって、蜻蛉さんも青い顔をしてましてねえ」

「ただごとではなさそうだな。まあ、お入りなさい。いまちょうど蒲焼きを作り終えて、これから精進料理でも作ってみようとしていたところだ」

「お忙しいんじゃ？」

「なに。ちょうど一段落したところだ。しかも命がけというなら、急ぎ事情を聞かねばならぬではないか」

「すみませんねえ」

八重はそう言って、盥を抱えた治兵衛の後について台所のある土間へ入って来た。

「あれ、八重さん。いつもすれ違いだから、なんだか懐かしいですね」

平八郎が大和芋の粉を少量の水に溶きながら顔を上げた。

「まあ。わたくしのこと気になさってくださってたんですかあ？　だとしたら嬉《うれ》しいわあ」

八重が海月《くらげ》のようにくねりと体をしならせた。

男だったら誰もが思わずぞくりと来るような艶《なま》めかしい姿態《したい》であるが、六十歳の治兵衛は仕方がないとして、若い盛りのはずの平八郎までもがケロッとした顔で微笑《ほほえ》んでいるだけなので、八重は拍子抜《ひょうしぬ》けしたようにため息をつき、つまらなそうに上がり框《がまち》に腰を落としてしまった。

「今日はなにか御用ですか？」

尋《たず》ねる平八郎に悪意はないが、相手も妙齢《みょうれい》の女なのだから、もう少し気づいてやれば

と治兵衛は思うのだが、平八郎にまるでその気がない以上、どうするわけにもいかない。

「いえね。さっき治兵衛さまにもお話ししたんですが、小春さんと蜻蛉さんがうちにいらしてね。ちょっと心配なことを言い出したもんですから」

「はあ。心配なこと」

平八郎は綺麗《きれい》な水を汲んである盥で手を洗い、前掛けで拭《ふ》きながら八重に近づいて来た。

「それがね、旦那《だんな》。蜻蛉さん、ある屋敷の座敷に呼ばれちまったって言うんですよ」

「いいことなんじゃないですか？」

平生の平八郎はのんびりとしているというか鷹揚《おうよう》にすぎて、どうにも頼りがなさそうに見える。

先ほどの八重の肉体を海月にたとえるなら、平八郎のこの調子っぱずれなところは、それこそつかめそうでつかめぬ鰻のようなものである。

「そんなこと言ってる場合じゃないんですよ、旦那」

「なんでしょう」

「その呼んだ相手ってのがね。矢車《やぐるま》っていう旗本《はたもと》だって言うじゃありませんか」

「え」

矢車家といえば、平八郎らが命がけで乗り込んだあの久世家《くぜけ》という旗本と徒党を組んでいる家なのである。

平八郎は、おどろおどろしい闇《やみ》の舞台が大きくせり上がっていくような気がして、思わず眉《まゆ》をひそめていた。

二

その小春と蜻蛉と言えば、亡くなった日本橋の薬種《やくしゅ》問屋越中屋《えっちゅうや》の娘、お豊《とよ》の内々の法要があるというので、手伝いがてら泊まりがけで出かけたという。

「それで小春さん、蜻蛉さんはなんと」

平八郎が尋ねると、

「蜻蛉さんとしては、断るわけにはいかないと、悩んでいたそうなんですよ。そうした座敷に呼ばれて上がるってのは、あたしたちと同様、陰間《かげま》……あらごめんなさい、役者さんにとっても名誉ですし、しかも呼んだ相手がお旗本とあっちゃあねえ。茶屋にしたって無下《むげ》にはできませんから」

と八重が答えた。

「しかし危のうございますな。矢車家とやら、蜻蛉さんの素性《すじょう》を知ってわざわざ指名してきたと思って間違いないでしょう」

布巾《ふきん》でくるんだ豆腐に重石《おもし》をして、水抜きの用意を終えた治兵衛も、手を洗って一人用の床几《しょうぎ》に腰を下ろした。

「そうでしょうね。あの化《ば》け物姫のいる山崎家《やまざきけ》と並んで、矢車家、土岐津家《ときつけ》という三つの旗本を束《たば》ねているのが先日の久世家だということは、忠治さんの調べで明らかとなったわけですが、向こうもこちらを調べ上げていると思っていいでしょうからね」

平八郎は憂《うれ》い顔である。

「やはり今回だけは断ったほうが……」

治兵衛が言いかけたが、平八郎はしばし腕組みをしながら考えたあげく、

「いや。小春さんと蜻蛉さんには申し訳ないが、あえて渦中《かちゅう》に身を投じていただきましょう」

と言った。

「し、しかし……」

「でも……」

治兵衛と八重が、同時に心配そうな声を上げた。

「逃げていても、敵の魔の手は必ず伸びて来るに相違ありません。ならばこちらから禍《か》

根《こん》を断つまで」

平八郎の表情が、なんだか急に引き締まって見えた。

「いかにして」

「わたくしも、蜻蛉さんといっしょに乗り込みます」

「いやしかし、矢車家が呼んだのは蜻蛉さんであって、料理人ではありませんぞ」

「呼ぶように仕向けてみたらどうでしょう」

「は？　どういうことです」

「不老不死の料理があると言ってみるのです。蜻蛉さんの勤める茶屋はなんといいましたっけ」

平八郎が尋ねると、

「三隅楼《みすみろう》です」

と八重が答えた。

「その三隅楼さんに、ここだけの話だということで、不老不死の料理をつくる料理人がいると言ってもらったらどうだろうと思います」

治兵衛が平八郎の思いがけぬ発案に驚いた顔をした。

「はあ……」

「そこでわたくしの名前を出せば、相手はきっと乗って来ます」

「乗るでしょうか」

まるで乗っては困るような治兵衛の口ぶりだった。

「久世家にしても山崎家にしても、不老不死を願っているのは確かでしょう。山崎家の姫は若い男の精に加えて女の髪を植えつけた人形。久世の若殿に至っては血の料理が大好物と来ている。明らかに魔物に魂《たましい》を売った者たちの所行《しょぎょう》。不老不死の料理と聞けば飛びついてくるでしょうし、しかもその料理人がわたくしであると知れば、興味津々《しんしん》の上、場合によってはうまく始末をすることができると考えるのではないでしょうか」

「いやしかし、それではあまりに危のう……」

「いえ。矢車家に行っていただくのは、治兵衛どののだけです」

「は？」

平八郎の突拍子もない策が次々と披露されるのを聞いて、治兵衛はますます混乱したありさまとなっている。

「佐々木《ささき》平八郎は先約があって、そこの料理を終えてから参ります。それまで下ごしらえは拙者がと、治兵衛どのには申し訳ありませんが、ひとつ芝居を打っていただきます」

「芝居……別段芝居はかまいませんが、それはいったいどのような……」

「ははは」

なにか痛快な企《くわだ》てを思いついたのだろう。平八郎はいかにも愉快そうに、

「それは当日わかります」

と言って笑った。

「ちょっと平八郎さま。それじゃなんだかわかりませんよ」

身悶《みもだ》えしそうな様子で八重が重ねて尋ねたが、平八郎はただ笑うだけで、それ以上答えようとはしなかった。


余分な水の抜けた豆腐を裏ごしするのを、平八郎は微笑みながら、常吉と伊助の兄弟に手ほどきしている。

この兄弟、まだ幼いというのに、料理をするのが苦痛どころか好きであるらしく、嬉々《きき》として熱中しているのであった。

治兵衛もそんな様子を見ながら、

「若の若い頃を思い出しますな」

と感心していた。

これはふたりに料理人としての血が流れているかも知れないとまで言うのである。

「そうかも知れませんね」

平八郎もふたりの夢中な様子に目を見張っているのだった。

「できたか」

「うん！　できた」

「豆腐というのは、裏ごしをすると、また白さが変化して綺麗だろう」

平八郎が桶《おけ》に山盛りとなった豆腐を手ですくいながら言った。

「うん。綺麗」

「綺麗」

ふたりは、まるで夏に降った雪でも見るように、感じ入った様子で答えた。

「じゃあ次だぞ」

「うん」

「ここに昆布《こんぶ》のダシがある。昨日の晩、桶の水に浸《つ》けておいたやつだ」

「おらがやった！」

「おらもやった！」

「そうだ。これを鍋《なべ》に入れてな。酒をこのぐらい、味醂《みりん》はそれよりちょっと多め。砂糖も同じぐらいだな。白砂糖が高くて手に入らなければ、黒砂糖だけでもよい。ただ白砂糖と黒砂糖を半々にしたほうが、見映《みば》えはよくなる」

「うん」

「それと醤油もほぼ同量だ。みんな足したら、ひと煮立ちだ。火が強すぎてはいかんぞ。

砂糖や味醂を入れて甘くしたものは、すぐに焦げる。焼いても煮てもだ。それだけは十分に注意しなくちゃならない」

「でも、どうやって煮立ちすぎないようにするの？」

「竈《かまど》の火から鍋を外したり、あるいは火からずらしてこのように火の側に置いておいてやるのだ。まあこの加減は難《むずか》しいし、鍋は重いから、これはもう少し大きくなってからだ」

「わかった」

「さあて。こんどはさっき裏ごしした豆腐に、すりおろして水気を切った牛蒡《ごぼう》と、大和芋の粉を溶《と》いたもの、それと片栗粉を、そうだな。ふたつまみぐらい、このぐらいだ。ふたりの指は小さいからよっつぐらいつまんでもいい。それでこうやってこねてやるんだ。手でやってはいけないよ」

「どうして？」

「大和芋とか自《じ》然薯《ねんじょ》とかを手でこねたら、たいへんなことになるんだよ」

「たいへんなことって？」

常吉は無邪気《むじゃき》な口調で平八郎を見上げ、問い続ける。

「手が真っ赤に腫《は》れて、もうかゆくてかゆくてたまらなくなってしまうんだ」

「へぇえ……」

それを聞いていた治兵衛は思わず、

「若もなんどかたいへんなことになられましたな。かゆいかゆいと、ぼりぼり手を掻《か》きむしって……」

と言って笑っていた。

「そうでしたねえ。あのときのことはまだはっきりと覚えていますよ。大和芋の粉を溶いたものを酢と醤油とダシで味つけしたのを食べたとき、口のまわりについてしまって……その時、大和芋はかゆいというのが身にしみてわかったはずなのに。それをなんだかうっかり忘れていたのか、つい手を突っ込んでこねていたら……」

平八郎も懐かしそうな表情をして目を細めた。

「さてさて。こね終わったかな」

「うん、終わったあ」

いくら料理好きだとは言っても、幼い身で、しかも真夏のことである。常吉と伊助の額《ひたい》には汗が浮かび、先ほど食べたという冷水の効き目も消えてしまったようだった。

「さあて。もうひとふんばりしてしまおう。だいじょうぶかな？」

「うん」

「今日は焼き海苔《のり》を使おう。鰻もどきは、使うときと使わないときがあるんだが、今日は香ばしいほうがいいでしょう」

平八郎はそう言って、治兵衛が手焙《てあぶ》りで焼いた海苔を受け取ると、まな板の上に裏を上にして載せ、こねたばかりのすりおろしを海苔よりひとまわり小さく塗りつけ、庖《ほう》丁《ちょう》で海苔のはみ出た部分を切り落として綺麗に整えた。

「さて。ここからは少し危ない。少し離れて治兵衛どのの鍋の使い方を見ていなさい」

「はい！」

ふたりは平八郎が少し離れたところに置いた床几に草履《ぞうり》を脱いで上がると、治兵衛の動作を熱心に見つめた。

その治兵衛の前には、油の入った鍋が火にかかっている。

「今日は天ぷらのように衣を使わないときの油の熱さの見分け方だ。いいか。箸《はし》の先をよおく見ておくのだぞ」

煮えたぎる油がこわいことを知っているのだろう。兄弟の顔から笑顔が消えた。

いずれすべての調理はお前たち自身でやることになるのだと言われていたから、真剣味も人一倍だったに違いない。

父親は酒と博打《ばくち》と女に浸り、そのうえ最愛の母親まで亡くしてしまった兄弟にとっては、料理は自分たちが生きて行けるかどうかの最後の手立てであり、命の綱そのものであった。

「ほら。箸の先から小さな泡《あわ》が出て来ただろう。ひとつ、ふたつ……ゆっくりだ」

兄弟はこくりとうなずく。

「このぐらいだと、まだ油の温度は低い。三つ葉とか、青じそとか、葉の青い色を残しておきたいものを揚《あ》げるときには、この熱さだ。もうひとつ、餅《もち》やさつま芋、蓮根《れんこん》など、火が中まで通りにくいもののときもこれだ。低い温度で中までじっくりと揚げるんだ。温度が高いと、葉物はすぐ焦げて茶色くなってしまうし、餅やさつま芋などは表面だけ揚がったようになるが、中は生《なま》ということになってしまう」

兄弟は首を伸ばすようにして箸の先を見ている。

「それが、少し待って油の温度が高くなってくると、ほれ、泡が小さくなった」

「あ、ほんとだ」

「野菜の天ぷらなんかはこの温度だ。後は肉の……ああ、いや、なんでもない」

日本の料理の技《わざ》を継承して育った治兵衛は、平八郎がお城で伝授されることとなった水戸藩御留流《おとめりゅう》が得意とする肉料理を、なるべく人には教えたくないと思っているのである。

確かに、世間では肉に対する偏見がやや薄らいできたようではあるが、それでもへたなところで肉料理を披露《ひろう》しては、場合によっては命にかかわるようなお咎《とが》めを受ける結果となってもおかしくない。

その一種禁忌《きんき》とも言える肉料理を、密《ひそ》かに伝えてきたのが、水戸藩の御留流なのだった。

天下の副将軍と言われた徳川光圀《とくがわみつくに》は、戦国の気風がまだ色濃く残る時代に西洋料理と出会い、その味の体系のあまりの違いに驚愕《きょうがく》するとともに、これを水戸藩の御留流として、天下掌握術《しょうあくじゅつ》のひとつに育て上げたのである。

たかだか料理の道が、天下となんの関わりがあるのかと疑問に思う方も多かろうが、寺請《てらうけ》制度によって民衆の生活や思想が大きな制約を受け、生き物を殺して食べると地獄に墜《お》ちると信じられるようになった世の中になっても、公家《くげ》や大名などごく一部の権力者たちは、若さや健康を願って、密かに獣肉などを食していたのである。

中には本気で不老不死を願った者たちもいると伝えられ、徐福《じょふく》伝説を血眼《ちまなこ》になって追い求めた権力者も数多くいたと伝えられる。

徐福というのは唐《から》の国の方士《ほうし》（神仙《しんせん》の術を身につけた者の意）で、当時の秦《しん》の始皇帝《しこうてい》の命《めい》を受け、東海の国々に不老不死（長生不老）の薬、あるいは食物を探しに旅立ったまま日本に住みついたと伝えられる伝説上の人物である。

徐福が亡くなった場所については、熊野《くまの》であるとか、富士山であるとか、日本全国に伝説が広まっており、また中国や朝鮮の文献にも散見されることから、あながち伝説ではないのではないかという見方も存在する。

この伝説を信じる権力者たちを意のままに操《あやつ》ることが出来れば、徳川幕府は安泰《あんたい》でいられると、光圀は本気で考えていたようであった。

光圀が、我が国で初めてラーメンを食したとか、餃子《ギョーザ》や乾酪《かんらく》（チーズ）、ステーキを食べた、あるいは牛乳やワインを飲んだ、など数々の逸話《いつわ》が伝えられているが、光圀は単におのれの舌を満足させるためだけに酔狂《すいきょう》を続けたとは考えられない。

その門外不出の御留流を平八郎が習う遠因となったのは、自分が料理を手ほどきしたからだと、治兵衛は自責の念を抱いている。それがために、自分が主《あるじ》と信じて仕《つか》えてきた平八郎が、水戸藩の権謀術数《けんぼうじゅつすう》に巻き込まれ、命を狙《ねら》われ、ついには脱藩を余儀《よぎ》なくされ、流浪《るろう》の生活を送らざるをえなくなったのだと。

「いま平八郎さまがお作りになった鰻もどきは、このぐらいの油で揚げるのがよい。本当の魚や海老《えび》などは、もそっと高い温度のほうがよい。魚などは、長い間揚げると肉が固くなってしまうからだ。ほら」

見ると治兵衛の箸の油に浸かっている部分全体から、細かい泡がわっと出て来るようになっている。

「違いがわかるか？」

兄弟はまた黙ってこくりとうなずいた。

「しかし鰻もどきは、魚である鰻を模してはいるが、実のところは豆腐、すなわち野菜の一種だと考えてよい。だからこれでは熱すぎる」

治兵衛はそう言って鍋をいったん火から下ろし、濡《ぬ》れ布巾の上に置いて熱をとった。布巾から白い蒸気がじゅうっと音を立てて立ちのぼった。

「こんなもんだろう」

鍋を戻した治兵衛は、まな板の上に置かれた鰻もどきを素早く油に入れた。その身から、泡がプツプツと湧《わ》きあがるのを、兄弟は固唾《かたず》を呑《の》むように凝視《ぎょうし》している。

治兵衛は慣れた手つきで薄い生地《きじ》を揚げてゆき、きつね色になったところで引き上げた。

「さあ、これでよし」

すべての生地を揚げ終わると、

「もどき料理というのは、なかなかに手が込んでおってな。本物に見せるためには、仕上げにもうひと手間かけなければならぬ」

治兵衛はそう言うと、こんどは大きな平鍋に油を熱して、その上に生地を敷き詰めると、すぐさま平八郎が煮詰めたタレを加えて、焦げないように焼くというより煮詰め始めた。

「うわあ。ほんとに蒲焼きみたいだ」

きつね色の生地が、タレの濃い色を吸い込んで焦げ茶色に変わってゆくと、まるで本物の鰻の身のように見えて来た。

「さてこれを盛りつけてと」

治兵衛が、皿に焼き上がった鰻もどきをのせて残りのタレをかけると、本物と寸分違《たが》わぬような鰻飯が実現したのである。

「すごいや」

「うん。すごい」

子どもたちは目を丸くしながら床几から飛び降り、台所の脇《わき》に作られた四畳半ほどの畳敷きにのぼると、勧《すす》められるがままにその鰻飯をぱくぱくと食べ始めた。

「どうだ。旨《うま》いか」

治兵衛の声に、ふたりは箸で夢中で中身をかき込みながら、うん、うんと答えるばかりである。

「そうか。気に入ったか」

上がり框に腰をかけて、治兵衛が自分の孫ほどの年齢の兄弟を見ながら目を細めている姿を、平八郎は感無量《かんむりょう》の面持《おもも》ちで眺《なが》めていた。

三

平八郎と治兵衛は、兄弟ふたりに料理の手ほどきをしながら、丸五日、ほぼ台所にこもって過ごした。

結局、ご老中の御前に供するのは、鰻の白焼《しらや》き、蒲焼き、肝吸《きもす》い、肝焼き、鰻の酢の物であるうざく、鰻を芯《しん》にして巻き上げたう巻きという玉子焼き、関西風に昆布を敷き詰めた鰻の押し寿司。

変わったところでは、お隣の朝鮮風に大根の葉と茹《ゆ》でた鰻を炒《いた》めたもの。鰻と里芋《さといも》の煮物。口直しに、昆布、木耳《きくらげ》、大根の葉、ネギを鍋物にして、それらが煮立ったら鰻の肝を入れ、橙《だいだい》の汁を搾《しぼ》った酢につけて食べる肝鍋《きもなべ》。

さらに乳酪《にゅうらく》（バター）で蕪菜を炒め、溶《と》き卵に牛の乳と乾酪を混ぜたものを、小麦粉を練《ね》って作った生地を敷いた鉄の器に流し込み、先ほどの蕪菜と蒲焼きの切り身を散らして、器ごと焼いたもの。

最後に鰻雑炊《ぞうすい》で締めて、鰻尽くしの品ぞろえとした。

「ありきたりのものがほとんどですが」

庭で行水《ぎょうずい》をして汗を流した平八郎は、さっぱりとした青竹色の浴衣《ゆかた》を着て、団扇《うちわ》で扇《あお》ぎながら濡れ縁で涼んでいた。

料理は楽しい。

ことさら、肉料理ばかりをこしらえた後、こうした伝統食に工夫を凝《こ》らしてこしらえた料理を作っていると、心が落ち着く。

この違いはなんだろうと、平八郎はいつも不思議に思っている。

傍《かたわ》らで西瓜にかぶりついている兄弟のあどけない姿を見ながら、平八郎は、なにゆえ和の料理と洋の料理を作るときに、これだけの心の差が出てくるのか不思議に思う。

これは勘《かん》に過ぎないけれど、我が国の料理には、やはり日本人の血を落ち着かせるなにかが流れているのではないだろうか。そして南蛮《なんばん》の料理には、総じて猛々《たけだけ》しい精神が脈打っているような気がしてならない。

(その差かも知れないな。この疲れの差は)

ほぼ一日中立ち尽くしで料理を作った後の体の疲れ具合はどちらも同じだが、片や心地よい眠りに誘われるような疲れであるのに比して、南蛮料理には、精も根も尽き果てるほどの闘いの後のように、泥沼《どろぬま》のような疲労感が残るのである。

(これが、生き物の血や、肉や、骨髄《こつずい》を味わう南蛮文化の真髄《しんずい》といったものなのかも知れない)

平八郎が暮れなずむ夏の夕暮れの中で、ぼんやりとそんなことを考えていると、

「夜分ごめんなすって」

このところ姿を見ていなかった忠治の声がした。

「おお。どうぞお上がりなさい」

夕食の膳《ぜん》の用意をしていた治兵衛が、玄関まで迎えに出る気配がしたが、

「もう上がっちまったぜ」

と、忠治はいつものように遠慮《えんりょ》なくずかずかと座敷に上がり込んできた。忠治を慕《した》う矢《や》介《すけ》と兼吉《けんきち》もいっしょである。

「おっ。今日は鰻か。いいねえ。もう足が棒になるぐらい動き回ってたからよ。ちったあ精をつけたいと思ってたんだ」

誰もそこに座れと言わないうちから、忠治は四つ並べられた食膳のひとつに腰を下ろし、お前らもそこに座れと勝手に命じながら、

「治兵衛さんよ。膳が三つも足りねえやな。おい矢介、兼吉」

「へい」

「治兵衛さんを手伝って、てめえの膳はてめえで運んで来やがれってんだ馬鹿野郎」

と叱《しか》りつけた。

忠治は、

「これ、土産《みやげ》だぜ。今日はちょっと骨休みに、下《くだ》り酒のいいのを買って来たから、まあ飲んでくれ」

と言いながら、土産であるはずの酒を、膳の脇に置かれた盆《ぼん》の上の湯飲み茶碗に注《つ》いだと見るや、ごくごくと喉《のど》を鳴らして飲み干した。

「ぷはあっ！　あの酒屋、朝注文しといた通りよく冷やしてある。感心な店だ。よし、

これから贔屓《ひいき》の店にしてやろう」

などと言っては、これまた勝手に、鰻と胡瓜《きゅうり》を三杯酢であえたうざくに箸を伸ばして、うめえ、うめえとうなっている。

「やあ。忠治さん。ご苦労さま」

平八郎が笑いながら濡れ縁から立って来た。

「どうでしたか。首尾は」

「首尾も糞《くそ》もねえよ。ったく鉢右衛門《はちえもん》って野郎は大した玉だぜ」

忠治は盆に手を伸ばすと、平八郎のために酒を注ぎ、ついでに空《から》になった自分の茶碗を満たした。

「大した玉でしたか」

「ああ。ありゃ、希代の騙《かた》り野郎だな。一見柔和《にゅうわ》そうだが、時おり見せる表情は、まるで蛇《へび》みたいだ。そう、ありゃ蝮《まむし》の目つきそっくりだ」

「なるほど。餅屋《もちや》の鉢右衛門は蛇でしたか」

平八郎はどこか納得したような口調で言って、茶碗酒を愛《め》でるように舐《な》めた。

「ああ。馥郁《ふくいく》として豊かな味わいだ」

「だろ？　フクイクとしてるだろ？　俺さまの舌に狂いはねえからよ。ところでフクイクってなんだ？」

忠治の話によれば、こうである。

日本橋に店開きをした栄寿堂《えいじゅどう》という餅を中心に商《あきな》う菓子屋は、表向きはなんの変哲《へんてつ》もないただの商店だという。

浅草で延寿屋《えんじゅや》という名で商売していたときに当てた「元祖寿餅《がんそことぶきもち》」は、「延命餅《えんめいもち》」と名を変えて今でもあつかっているらしいが、これは以前とは違い、あらかじめ注文を入れた客にしか売らない仕組みとなっており、忠治も勝蔵《かつぞう》一家の若い者や息のかかった町人を客として送り込み、延命餅なるものを買い求めさせようとしたのだが、結局ひとつも手に入らなかった。

「どうやら、客を選んでるらしいや」

というのが忠治の結論であった。

浅草で商売をしていたときに贔屓となっていた客を何人かつかまえて当たってみたところ、みな青い顔をして知らぬ存ぜぬ、ただ美味しいから今でも買い続けているだけだと口を濁《にご》すのだという。

「それだけじゃねえよ」

だいぶ酒の回ってきた忠治は、鰻の白焼きに山葵《わさび》をのせすぎて涙を流して咳《せ》き込みながら、

「三人ばかし客の家を探り当てて調べてみたらよ。面白いことがわかったぜ」

「面白いことって、なんでしょう」

「えへへ……聞きたいかい？　まあ思いがけなくも鰻尽くしにありつけたんだから、もったいぶらずに話してやるけどさ」

忠治はそう言って、懐から花紙を出してチインと大きな音を立ててかんだかと思うと、

「客のうちふたりは当人か、あるいは家族が病持《やまいも》ちだった」

と悪戯《いたずら》そうに謎をかけた。

「はあ病人。それがなにか」

「けっ。おかしいたあ思わないか？　病人のくせに、わざわざ浅草から京橋まで往復して餅を買いに行くなんてよ。んなもん、それこそ浅草寺《せんそうじ》の仲見世《なかみせ》桔梗屋《ききょうや》の浅草餅からはじまって、茗荷屋《みょうがや》のかる焼き、虎屋《とらや》竹翁軒《ちくおうけん》の元祖雷《かみなり》おこし、他にも万屋《よろずや》、菊屋《きくや》と目白押し、名もない店まで入れたらそれこそ、犬も歩けば棒に当たる、伊勢屋《いせや》、稲荷《いなり》に犬の糞ってえぐらいのもんだ」

「あ、兄貴《あにき》ぃ。食事中に汚《きた》ねえ……」

矢介がそう言って顔をしかめると、

「なにが汚ねえだ、てめえのほうこそ汚ねえ面《つら》しやがって。いっそのこと俺のお穴《けつ》の皮でも張ってみやがるか。ぷんといい臭《にお》いがして女がわんさと寄って来《く》っかも知れねえ

ぞ」

「あ、兄貴よぉ」

矢介も兼吉も、酒が入ると始まる忠治の駄洒落《だじゃれ》にもならぬ下品な与太《よた》に辟易《へきえき》とした様子である。

「それで……」

平八郎が先をうながすと、

「あ。そっか病人の話だった。そのうちのひとりがよ。うちの賭場《とば》に大きな借金こさえた奴《やつ》だってことがわかったんで、まあその、ちょいと焼きを入れてやったのよ。そしたら簡単に吐きやがった」

「なにかわかったんですか？」

「へっへっへ。ここからが話の本題。どうしたと思う？」

忠治はいかにも得意そうである。

「わかりません」

「それがよ。とんでもねえことがわかったんだ」

「なんです」

「栄寿堂のよもぎ餅を勧めたのは、みんな同じ医者だったのさ。他の客にも当たってみたんだが、みんな最初は知らぬ振りを決め込もうとしてたんだが、医者の名前を言ったとたんに青い顔しやがってよ。仕舞いにゃとうとう、ここだけの話にしてくれと泣きついて来やがった」

「その医者というのが、偽《にせ》の津川法州《つがわほうしゅう》というわけだったんですね」

「さすがは旦那。どんぴしゃ！」

忠治はなおも酒を飲みながら、

「結局法州って糞医者は、自分から病人によもぎ餅を勧めてたんだ。病やひどい疲れに効くってね。で、栄寿堂で餅を買い求めた客たちは、そのあまりの効き目に驚き、最初は痛みがとれる、働いても疲れないと大喜びだったそうなんだが、次第にげっそりしてきたらしくてよ」

「はあ」

「食欲がなくなるというか、よもぎ餅さえ食ってりゃ元気になるってんで、毎日それしか口にしなかったってんだ。そのうちに、餅を食べないと立って歩けないほど体が弱って来ちまったんだと」

「なるほど……あくどい医者ですね」

「あくどいなんてもんじゃねえ。金の払えない奴には餅を売らなくなったから、浅草で餅を買い求めていた人間の大半が、すでにあの世へ旅立っちまったんだってよ」

「え？」

「賭場で借金をこさえた男も、もともと博打なんてやる奴じゃなかったんだ。ただてめえの嬶《かかあ》が不治《ふじ》の病にかかっちまって、その餅を手に入れるために、賭場に出入りするようになったって吐きやがった」

「よもぎ餅はそんなに高い値段になったんでしょうか」

「それがよ。高いなんてもんじゃねえんだ」

忠治はいかにも穢《けが》らわしい話をするかのように顔をしかめて、

「いくらだと思う」

と尋ねた。

「わかりません」

「だろうな、いくら旦那でも。俺だって最初その値を聞いたときゃ、耳を疑ったからなあ」

「いくらでしょう」

「一両」

「……折り詰めひとつが一両とは法外な」

平八郎もまた顔をしかめながらつぶやいた。

「違うよ」

「え？」

「十二個入りの折り詰めだったら十二両だ。つまり、餅ひとつ一両ってわけよ」

「一個一両！」

平八郎は思わず絶句してしまった。

井戸から冷たい水をくみ上げて、片口《かたくち》に入れて運んで来た治兵衛も、その場に座り込んだままあんぐりと口を開けている。

「ったく、賭場の駒札《こまふだ》代わりにだって使えるぜ」

ようやく腹がくちくなったようで、忠治は黒文字《くろもじ》を取り出すと、

「しかし残念なことに、法州がどこに姿をくらましたかまでは調べがつかなかった」

と行儀悪く体をそらすようにして後ろに手をつき、もう片方の手でチッチッと口を鳴らして歯の掃除を始めた。

「ただなあ……喉になんか引っかかってんだよなあ」

そう言いながら、忠治はぼんやりと天井を見上げている。平八郎と治兵衛は、そんな忠治の様子を黙って眺めていた。

斬《き》った張ったの世界に生きる忠治には、武士として育てられた平八郎や治兵衛とは違う裏の世界に通じた者にしかわからない勘のようなものが働いているのである。

「栄寿堂の鉢右衛門はどうしたんですか」

「ああ……鉢右衛門らしき男の後は尾《つ》けてみたよ」

「どうなりました」

「二度も後を尾けたんだが、俺っちとしたことが、二度とも見失っちまった」

「途中で見失ったということですか」

「いやあ。そこまでへまはしねえさ。一軒は武家屋敷。もう一軒は大店《おおだな》に入っていった後、とうとう出て来なかったのさ」

じっと天井を見ながら、こんどは片肘《かたひじ》をついて寝転がってしまった忠治を見て、平八郎はなにか忠治の頭に考えを閃《ひらめ》かせることは出来ないかと、あれやこれやと思いつくことを口にしてみた。

しかし忠治は、「いや」「わからねえ」などと気のない返事をしながら、ただぼんやりと天井を見上げるばかりであった。

## 四

矢介と兼吉が下げて来た膳を持って、常吉、伊助兄弟が井戸端に座り、治兵衛とともに洗い物を始めている。

開け放しにした台所の障子《しょうじ》から、行灯《あんどん》の灯《ひ》がうっすらと漏《も》れてくる月夜のことである。

台所の片隅には香炉《こうろ》の大きなのが置いてあって、中で乾燥させたよもぎの葉を燃やして蚊遣《かや》りをしていたが、その臭いは夏の草いきれと混じりあって、井戸端にまで漂ってくる。

朝晩こうして井戸のそばにしゃがんで仕事をしていると、治兵衛はまるで自分が幼い頃に返ったような錯覚《さっかく》をおぼえて、目の前でふざけあいながら洗い物を手伝っている兄弟が、遠い記憶を通して見える自分と重なり合ってくる。

かしゃかしゃと音を立てて、陶器の皿や漆塗りの器が、まるで生き物のように桶の中で踊っている。

小野家は代々佐々木家に仕えた料理人の家系だから、こうして夜や早朝に洗い物をするのを、治兵衛はごく当たり前の生活として受け入れていた。

当時長屋などに住む庶民は、洗い物などする習慣はあまりなく、食べ終えた茶碗やら皿やらに番茶をかけてすすり、それを布巾で拭《ぬぐ》っただけで後片づけとしていた。

しかしお城や武家屋敷、あるいは料理屋などではそのようなわけには行かないから、料理人たちは皆、人々が寝静まった頃、翌朝の食事の下ごしらえをするとともに、こうして暗い中洗い物をするのが日常であった。

あの日も、小野家の兄弟の中ではいちばん末に育った治兵衛は、ようやく洗い物を終え、下男下女をねぎらって部屋に帰し、火の元をもういちど検《あらた》めてから部屋に戻ろうとしたところで、ふと、屋敷の門のあたりが騒がしいのに気がついた。

なんだろうと、もういちど台所の外に出て、井戸の脇を通り、表門の方角へと足を忍ばせてみた。もしや賊《ぞく》の侵入かも知れぬと、手には薪《まき》を握りしめていた。

ところが近づいてゆくと、数人の聞き覚えのある男の声とともに、女の声が聞こえたではないか。

これは賊ではあるまいと、治兵衛は緊張を解《と》きながら、門へと近づいて行った。

「こちらでございます。お足元にお気をつけて」

その声は、佐々木家の年老いた用人である助川《すけがわ》弥三郎《やさぶろう》のものであった。

こんな夜分になにをしているのか訝《いぶか》しんだ治兵衛は、隠れる必要もないのに、なぜか禁じられたことをしでかしているかのように、母屋《おもや》の壁伝いに歩いて、そっと首だけ突き出して玄関の方角を見た。

すると郎党の差し出す提灯《ちょうちん》の灯の中に、弥三郎が頭巾《ずきん》をかぶった女の手を引いて玄関へと向かっている姿がぼうっと浮かび上がっているのを見た。

(面妖《めんよう》な)

治兵衛が夜陰にまぎれて灯のほうへとさらに近づいて行ったとき、

「わたくしはここでけっこうです」

と、若い女の涙声がするのをはっきりと耳にした。

え？

凍《こお》りついたようにその場から動けなくなってしまった治兵衛に追い打ちをかけるかのように、

「どうかこの子を大事に育ててやってくださいまし。大殿さまにくれぐれもよしなに……」

消え入るような女の声がした。

「なにをおっしゃる。殿は必ずやあなたさまを連れてまいれと、拙者に厳命されたのでござる。ささ、人に気づかれる前にこちらへ。別棟《べつむね》に部屋を用意してござりますゆえ」

「いえ……弥三郎さま。悩んでおりましたが、もしもわたくしの姿を目にすれば、この子を引き取るとおっしゃられた奥さまは、やはり心中穏《おだ》やかではなくなるでしょう。それはすべてのおなごの心というものにございます」

「いや、奥方さまは、心根のお優《やさ》しい、それはそれは出来たお方。今さらそのようなご心配をなさっていかがなさいます。この弥三郎にすべてお任《まか》せになって、とにもかくにもお上がりください」

「いいえ。心配なのはこの子の行く末なのでございます。お優しい奥方さまであることは、大殿さまのお口からなんどもお聞きはしておりますが、たとえそうであっても、別の女が孕《はら》んだ子を見れば、心にさざ波が立とうというもの。ましてやその子を産んだ張本人の女の姿を見れば、さざ波は大きなうねりと変わり、わたくしへの憎しみが、この子へ向けられることは必定《ひつじょう》かと存じます」

「そのようなことは……」

「いえ、弥三郎さま。もしこの子をお憐れみになるお気持ちがございますならば、わたくしは奥方さまにお会いしてはならないのでございます」

涙ながらの訴えではあったが、若いと思われる女の物言いはしっかりと気丈《きじょう》なものであった。

「どうか、どうかこの子をよしなにお願い申し上げます」

そこまで言うや、女は弥三郎の手をふりほどいた様子で、

「あ、待たれよ。おい、小次郎《こじろう》」

用人弥三郎の慌《あわ》てふためいた声が聞こえ、名前を呼ばれた郎党の小次郎も動転したように、

「お待ちを、お待ちを」

と提灯をかざしながら追いかけて行く気配であった。

だが門の外には、女が乗って来た乗り物がつけてあったらしく、

「早う、早う出すのじゃ」

という女の声がして、小次郎と乗り物の担《かつ》ぎ手が揉《も》み合いになっているのが手に取る

ようにわかった。

やがて乗り物が去る音が聞こえ、弥三郎の大きなため息がしたところで治兵衛はハッと我に返り、大急ぎで台所に戻って心張り棒をし、息を整えたのであった。

翌朝、屋敷の主立《おもだ》った者が集められ、大殿さま、奥方さまのおられる前で、大事な話というのをうけたまわった。

「これが今日から我が家の三男坊となる菊千代《きくちよ》じゃ。皆の者、なにも聞かずに、この子を佐々木家の末の子として仕えてくれ」

新しく乳母《うば》として当家にやってきたという女の腕には、赤い布に包まれた赤子が、なにごともないように、すやすやと寝息を立てている。

末席に連《つら》なった治兵衛が、家臣たちの背中越しに大殿さまの様子をちらりと盗み見ると、ふだん豪放磊落《ごうほうらいらく》である大殿さまはどこか落ち着きがなく、傍らに座った奥方さまは威風堂々《いふうどうどう》といったありさまで、表情を表すことなく、ただじっと座って家臣たちを睥睨《へいげい》しているのであった。

それが治兵衛と平八郎との、運命の出会いとなることに、その時の治兵衛が気づく由《よし》もなかった。

それがもう二十数年も昔のことになるのかと、治兵衛は洗い終えた器類のしずくを拭いながら、ぼんやりと思い出していた。

「終わったよ」

常吉の声にはっと顔を上げた治兵衛は、疲れたであろう子どもたちを連れて、庭の片隅に立てた小屋にしつらえた五右衛門風呂《ごえもんぶろ》に入り、裸にしたふたりをすでに温《ぬる》くなってしまった残り湯をかけて汗を流してさっぱりとさせてやった。

自分も頭から湯を浴び、ざっと頭を洗ってから、髪を無造作《むぞうさ》に後ろに束《たば》ね、紺色の小《こ》袖《そで》に腕を通した。

まるで孫が出来たようだと思いながら、治兵衛はふたりを二階の座敷に寝かしつけると、忠治がまだ居座っているらしい一階の座敷へと下りていった。

「さあ。夜も更《ふ》けましたよ」

治兵衛がそう言って、残りの片づけをしようと蚊帳《かや》をくぐったとき、

「あ……その顔」

忠治がむくりと起き上がった。

「ん？　拙者の顔になにかついておるかな」

治兵衛は忠治にまじまじと顔を見られて気になったのか、顔のあちこちを触っておかしなところがないか確かめた。

「さっきの治兵衛さんたあ違って、なんだか医者みてえだな。髪を結《ゆ》ってるときはれっ

きとしたお武家さまなのに、ざっと髪を束ねると、それだけで医者に……あれ？　ん？」

　忠治は腕組みをして治兵衛を見つめたまま、しきりに首を傾《かし》げている。

「なにか気がつきましたか」

　平八郎が水を向けると、

「いや、あ……そうか。ちくしょう俺っちとしたことが、すっかり騙《だま》されちまったぜ」

と悔《くや》しそうな表情で、ぱんと音を立てながら、思い切り自分の太腿《ふともも》を叩《たた》いた。

「そうか。読めたぜ！　あいつはこいつで、こいつがあいつで、あいつはそいつで、そいつがこいつってわけだ！」

「もう少しわかりやすく言ってください」

「いやいや、たぶん間違いねえ。栄寿堂の鉢右衛門って奴は、津川法州なんだよ。そして津川法州は、鉢右衛門になったり、自分の弟子になったり。あるいは鉢右衛門がときどき連れて歩いてる番頭になったりして、いろんな屋敷に出入りしてるんだ。ってことはだ……鉢右衛門が立ち寄って、見失っちまった武家屋敷や大店ってのは、みんな鉢右衛門の息のかかったとこか、あるいは鉢右衛門の隠れ家ってことになるんじゃねえのか。ああっ！」

　忠治はひとりで興奮してしゃべり続け、しかもなにか思いつくたびに大声を上げるものだから、まるで話の筋道が見えない。

治兵衛が驚いて、

「つまり、拙者が武家から医者になったと見えたように、鉢右衛門も法州もというわけですか」

「それだけじゃねえや！　あの女！」

「あの女？」

「鉢右衛門だの法州だのを尾けてる時、なんどか見かけたことがあるんだ。時には小唄《こうた》の師匠《ししょう》みてえだったし、ある時は町屋《まちや》のご新造《しんぞ》さんだったり、使いの途中の女中みてえだったり……」

「誰だね。それは」

じれったくなった治兵衛が詰めよった。

「決まってるじゃねえか。それがきっとおたねだよ！」

「えっ」

治兵衛は平八郎と目を見合わせ、

「おたねというのは、あの浅草の延寿屋で仲居をやっていた……しかも強盗の引き込み役ではないかという疑いのあるあのおたねですか」

「他にどんなおたねがいるってんだよ！　ああちっくしょう！　あいつらふたりそろっ

て、変装の名人だったんだ！　俺としたことが」

「変装の名人……」

「ああ……裏の世界じゃとりわけ珍しい連中じゃねえ。器用に顔かたちを変えて商売してやがんだ。お上に捕まりそうになってもだいじょうぶなように、いつも目立たぬ格好や服装、化粧なんてしてるんだが、その手の連中を見た人間は、思い出そうにも顔がよくわからねえのさ」

「顔がわかりませんか」

「ああ。男も女もすっぴんにしてみりゃわかるが、なんていうか、ほれ、のっぺら坊みてえにこれといった特徴がねえのさ。生まれつきな。奴らそれを逆手《さかて》にとって、裏の稼《か》業《ぎょう》に精を出すってわけだ」

「のっぺら坊ですか。本当に、そんな顔ってあるんでしょうか」

「ああ。いっぺん見てみな。信じられねえから。俺さまもいちどだけこの目で見たことがあるんだ」

忠治は渇いた喉を潤《うるお》そうと、両手で片口を持ち上げると、一気に中の水を飲み干してしまった。

「くそっ。こうしちゃいられねえや。おい矢介、兼吉っ！」

若い衆であるふたりは、半分酔いつぶれて、箪笥《たんす》と襖《ふすま》を背にして舟を漕《こ》いでいる。

「起きろってんだ！」

忠治の胴間声《どうまごえ》に、ふたりは「ひっ」と短く叫びながら飛び起きた。

「で、出入りですかっ」

「馬鹿野郎！」

忠治はふたりの頭をぱかんぱかんと続けざまに叩くと、

「戻るぞ！」

と怒鳴った。

「どうするんですか。もう遅いですよ」

平八郎が驚いていると、

「勝蔵一家で飯を食わせてやってる爺《じい》さんがいてよ。これが若い頃、押し込みだのなんだのやってたんだが、今でも顔が広くてよ。あの爺さんに聞いたら、鉢右衛門とおたねのことを、なにか知ってるかも知れねえ」

せっかちな忠治は答えながら、すでに土間の草履を突っかけている。

「はあ……」

見送りに出ようとした平八郎が立ち上がると、

「また寄るぜ。なにしろあの爺さん、昼はどこほっつき歩いてるかわからねえし、夜は酒飲んで寝たと思ったら、もう踏もうが蹴《け》ろうがなにしようが起きやしねえ。寝込む前に聞き出さねえとよ。じゃなっ。ご馳走さんっ」

忠治はそう言い残すと、あっという間に表に飛び出して行った。

取り残されたような形になった平八郎と治兵衛は、ふたたび顔を見合わせると、

「背後に誰かいますすね」

「間違いないでしょうな。老中首座の松平信明《まつだいらのぶあきら》さまのご登場といい、鉢右衛門、おたねという市中の悪人といい、お偉いさんの誰かが、なにか画策《かくさく》していると見ていいでしょう」

治兵衛はそう言ってため息をついた。

なぜ平八郎さまの身辺に、このように物騒《ぶっそう》なことばかり続くのだろう。平八郎さまが新たに家を興《おこ》すことだけを願う治兵衛は、おのれの寿命と照らし合わせて、残された時間があまりないであろうことも、大いに気がかりだった。

# 五

翌々日の深夜。

お偉いさまたちの応接に慣れているとはいえ、今日の披露はまた特段のものだった。

なにしろ鍛冶橋《かじばし》御門の中にある松平信明の屋敷には、信明が藩主を務める三河吉田藩《みかわよしだはん》

の重鎮《じゆうちん》だけではなく、姓名は明かさないものの、明らかに幕府重鎮と思われるお歴々が、ずらりと並んでいたのである。

　鰻尽くしを供するにあたって、平八郎と治兵衛がその品々の説明をするけれども、客はみな料理をおとなしく口に運んでうなずくだけというありさまであったから、果たして旨いと思っているのかそうではないのか、やりにくいことこの上なかった。

　月と鰻の宴《うたげ》とでも表現したらよいのだろうか、宏大《こうだい》な屋敷内に設《もう》けられた離れが食事の間としてあてがわれていたが、開け放しにした部屋からは、皎々《こうこう》と輝く月に照らされた池が、蒼々《あおあお》と広がっているばかりだった。

　松平信明は上座にはおらず、ひとつ下がった席に座っていたが、では上座にいる人間の姿形はというと、頭巾《ずきん》を深くかぶっているため、鼻と口しか判然としない。一種異様な風景だった。

　しかし料理の上げ下げのたびに観察したところでは、その顔や手の皺《しわ》といい、かなりの高齢であるように思われた。

　おそらくは信明とほぼ同年代なのではあるまいか。

　静まりかえった庭には、微《かす》かながら秋の気配が忍び寄っており、そこかしこから虫声《ちゆうせい》が聞こえていたが、それらがいっせいに止んでしまうことがあったから、警固の侍《さむらい》が庭内を見回っていることは確かであった。

ほとんど言葉を発せず、ただ黙々と食べ続ける客たちの中にあって、饗応役《きょうおうやく》である信明の声だけが澄み渡り、座敷の隅々《すみずみ》まで届くばかりである。

その信明は、料理について褒《ほ》め称《たた》えながら、時おり上座の謎の人物に対して、体を近づけるようにしてなにか囁《ささや》いている。

場合によっては懐石《かいせき》の手順を模して千鳥の盃《さかずき》、すなわち主客献酬《しゅかくけんしゅう》が形ばかりでもおこなわれるのかと思ったが、それもなく、客たちはただ若党《わかとう》に注がれる酒を舐めるように口にするばかりであった。

やがて茶が運ばれても、客たちはくつろぎを見せることなく、ただ音もなく時が過ぎゆくばかりだった。

舞のひとつもないのかと、平八郎は正直驚かざるを得なかったが、この席に、どこか悲痛とも形容すべき声なき嘆きのようなものが漂っているような気配を察し、平八郎は淡々と料理を振る舞う役に徹していた。

座もこれでお開きかという雰囲気が流れたと思った時、

「佐々木平八郎。近う」

上座の老体が、初めて口を開いた。

平八郎が戸惑っていると、

「これ。聞こえなんだか。近う寄れと仰せである。早くせぬか」

と信明が叱った。

「は」

平八郎は一礼すると、上座に向かって膝行《しっこう》した。

上座のある座敷の片隅で、治兵衛が心配そうに見ている。

「そちが平八郎か」

「は」

「馳走になった」

「拙《つたな》い腕前。もったいなきお言葉にございます」

「いくつになる」

「は」

平八郎は、なぜ自分の歳《とし》など聞きたがるのか困惑しながらも、

「当年とって二十四歳にございます」

「そうか。二十四か……」

老体は、ゆっくりと首を動かすと池のほうにちらりと視線を送った。

するとすぐさま侍がひとり、身を屈《かが》めながら入って来て、なにも言わぬまま、文箱《ふばこ》のようなものを老体の前に置くやすぐに退出した。

「近う」

老体は繰り返した。

「はは」

平八郎は命じられるまま、さらに上座に近づいた。

老体はその文箱を、やや震《ふる》える手で持ち上げたかと思うと、

「これを」

と言って、平八郎に差し出した。

「は……」

もったいのうございますと繰り返そうと思ったが、その老体の目が、わずかに潤《うる》んでいる気配であったのを見て、平八郎は体から力が抜けるのを感じていた。

平八郎が文箱を押し戴《いただ》くように受け取ると、老体は平八郎の頭上からしばし視線を放った後、

「息災《そくさい》であれ」

と言って席を立つ気配がした。

なぜか力が入らず、両手で文箱を押し戴いたまま、平八郎は顔さえ上げることもままならず、その場に平伏《へいふく》し続けていた。

やがて座敷の中には、平八郎と治兵衛、そして案内役の侍だけが残されていた。夜が更けてゆくのに従って、月はますますその白さを増してゆくように思われた。

「いや、正直疲れ果てました」

鍛冶橋の脇の門を抜けて市中に出た治兵衛が、ふうっと大きな息を吐きながら、珍しく愚痴《ぐち》をこぼし続けた。

それは先ほどの上座の客の謎めいた態度を、平八郎の脳裏から払拭《ふっしょく》するための治兵衛なりの配慮《はいりょ》なのであった。

その客から受け取った文箱は、治兵衛が預《あず》かり、背中の行李《こうり》に布に包んで大事に納めてある。

老体のただならぬ様子に、平八郎の心が揺れているのが、夜道でもつぶさに感じ取れた。

平八郎自身は、なにかおかしいと思いつつも、しかしそれが果たしてなんであるのか、まだ確かな見当はついていない様子である。

（しかしいずれわかることだろう）

そう思う治兵衛でさえ、あの時あの母屋の陰から用人と女性《にょしょう》の不可解なやり取りを目撃していなかったとしたら、平八郎と同程度の懐疑しか抱かなかったであろう。

だが見てしまった以上、

（上座に座っておられた方は、間違いなく平八郎さまの実の父親）

だと確信せざるを得ない。

実は今日のことがあるまで、平八郎はおそらく、大殿さまが他の女に産ませた子だろうと考えていた。

それならば、性格も風貌《ふうぼう》も、大殿さまや奥方さまに似ていなくとも不思議ではない。その妾《めかけ》そっくりに生まれついたと考えれば納得のゆくことだ。

しかし先ほどのあの高貴なお方の態度に接してしまえば、平八郎でなくとも疑念が湧いてくる。

ではそれはいったい誰なのか。

もし本腰を入れて探るつもりであれば、たとえ時間はかかったとしても、漠然とした推測はつくかも知れない。

しかしそれをやってかまわないものか。

本当の父親が誰で、それがなぜ赤子のうちから佐々木家に連れて来られ、佐々木家兄弟の末弟として育てられたのか。

そこには大いなる秘密が隠されていることは明らかだった。

(若さまの悩みを解いて差し上げるためには、その秘密をも解き明かすことになる。それが果たして、若さまのためになるのかならないのか)

それがわからぬ以上、軽挙妄動《けいきょもうどう》は出来ないと、まるで関係のない愚痴を口走りながら、治兵衛は心を決めていた。

「治兵衛どの」

そんな治兵衛に、平八郎が不意に声をかけた。

「は、はい」

いささか狼狽《ろうばい》した治兵衛が返事をすると、

「わたくしのこの容貌、なぜ父上や母上や、そして兄上たちには似ていないのでしょう」

「え？　は……いや、そのようなことは」

「小さい頃からそうでした。佐々木家の郎党や用人、下男下女にいたるまで、そうした噂《うわさ》をしていたことは知っています」

「…………」

「少し大きくなって、剣道場や学問所に出かけた時にも、先生や友人からなんどとなく言われたことがあります」

平八郎は明らかに疑っているのだった。自分はもしかすると、佐々木家の人間ではないのかも知れないと。

だから平八郎にはどこか甘かったような気がしてならない。

長兄の孝一郎《こういちろう》や次兄の恭次郎《きょうじろう》に対して、父も母も、躾《しつけ》にはとりわけ厳しかった。

父はなにかにつけて文武両道を口うるさく繰り返し、みずから屋敷内に設けられた道場で幼い兄たちをこっぴどくしごき、また高名な学者を招いては、四書五経《ししょごきょう》、兵学について学ばせた。

母は食事の作法、箸の上げ下ろしから始まって、着物の着方、鬢《びん》の整え方、掃除の仕方など、日常のありとあらゆることについてやかましく叱った。

ふたりのあまりの厳しさに、跡取りの兄弟思いの家来たちは思わず、止めに入ったことも一度や二度ではない。

ところが平八郎となると、態度ががらりと変わった。上のふたりに比べれば、放任そのものの態度だった。いや、なおざりとさえ言ってもよかった。

もう道場通いはしたくないと言い出した時も、剣客《けんかく》としての道を進む次兄恭次郎のことを引き合いに出すことはなかったし、学問の道は不得手《ふえて》だと不満を漏らせば、無理に続ける必用はないと言うばかりで、長兄孝一郎を見習えなどと小言《こごと》をいただくこともなかった。

極《きわ》めつきは料理で、そのようなことは下賤《げせん》の者のすることであり、代々佐々木家の台所を預かる小野家とその配下の家々に任せておけばよいのだと、頭ごなしに怒鳴られるかと思って恐る恐るお伺いを立てたら、書見をしていた父は、

「そうか。それも一興であろう」

と、平八郎の顔を見もしないで答えたものだった。

父ばかりではなく、母もまた、

「庖丁その他は、城下で最も格式の高い店に話をしておきましたから、治兵衛と相談をしながら、そこでそろえるとよいでしょう」

と言って、実際平八郎が料理道具一式を買いに出かけた時も、店の主がわざわざ懇切《こんせつ》丁寧《ていねい》な説明をしながら、

「庖丁はこの黒打ちがよろしいでしょう。この水戸が誇《ほこ》る名人によって鍛錬《たんれん》された最高の品です。出刃《でば》は同じくこちら。柳刃《やなぎば》は、これはお好みですが、関宿《せきやど》の藤二郎《とうじろう》さんのものでも、あるいは京でよく使われるこちらの形でもよろしいかと。砥石《といし》も必用ですな。この石は信州《しんしゅう》の山奥の川原から出たという珍しい品で、荒砥《あらと》が特にお勧めです」

と、右も左もわからぬ平八郎をよそに、治兵衛とさまざま相談を繰り返しながら、とりあえず必用な道具をそろえたのであるが、結局、

「奥方さまから、後ほど屋敷のほうまで取りに来るようにと言づかっておりまして」

と、お代を受け取ることを拒《こば》んだため、貯《た》めておいた小遣いを一銭たりとも使うことはなかったのである。

「平八郎の八というのも、いったいどこから来たのでしょう。兄たちが、孝一郎、恭次郎と来たならば、わたくしは平三郎《へいざぶろう》という名前であってもおかしくない。それなのにな

ぜでしょう」

「いやそれは……大殿さまも奥方さまも、拙者が見ておりましたところでは、なかなか気分が変わりやすいお方たちでございましたからな。おそらくは……」

「わたくしは、もしや自分が妾腹《しょうふく》の子ではないかと考えておりました」

「え……」

「だからわたくしは、父上にも母上にも似ず、よほどいけないことをしでかしさえしなければ怒られることもなく、放っておかれるのだと」

平八郎は自分と同じ疑いを、心の片隅に秘めていたのだ。

治兵衛は驚愕していた。

(やはりこの主にしてこのわたしか)

なんとはなしに馬が合った平八郎と治兵衛主従は、いつの間にか考え方の筋道も似るようになっていたのかも知れない。

「そのように突飛《とっぴ》なことを考え召《め》さるな」

治兵衛はわざとらしく叱ってはみたが、その声に説得力がないことは、自分でもよくわかっていた。

「さて、常吉と伊助兄弟はいい子にしておりましたかな。八重さんが面倒を見てくれるというので助かりましたな」

治兵衛はなんとか話題を別の方向へ持って行こうとしたが、平八郎は思い詰めたようにうつむき加減で歩き続けるだけだった。

# 第四章　絶品う巻き

## 一

さらに五日ほどが過ぎて――。

平八郎《へいはちろう》の家に、小春《こはる》、蜻蛉《かげろう》の姉弟、忠治《ちゅうじ》が顔をそろえ、座敷で沈鬱《ちんうつ》そうに車座となっている。

忠治は珍しく出された酒に手を出そうとはせず、口をとんがらせたまま、ぶすっとした様子である。

いかにも機嫌《きげん》の悪い忠治は、おそらく自分の若いもんを叱《しか》り飛ばしていたに違いない、矢介《やすけ》と兼吉《けんきち》は忠治の背後に正座して小さくなっている。

平八郎は目を閉じてただじっと座っているだけで、先ほどからほとんど口を開こうとしない。

「ようやく寝ついたよ」

階段のきしむ音がして、八重《やえ》が二階から下りてきてそう言った。

「ふたりとも今日はなんだかはしゃいでてねえ。なかなか寝ようとしないんだ。平八郎さまに出された宿題がうまくできたのが、よほど嬉《うれ》しかったんだろうねえ」

八重はそう言うと、土間《どま》にいちばん近いところに腰を下ろして、ぐい呑みを手にすると、疲れをふり払うようにごくりと喉《のど》を潤《うるお》した。いつ見てもあっぱれな飲みっぷりであった。

平八郎の出した宿題というのは、綺麗《きれい》に玉子焼きを作るという料理の課題であった。

平八郎は、幼い兄弟が千住《せんじゅ》の宿に戻ったとき、いかにして身を立てるか、暇さえあればそれを考えていたのである。

八重の登場が語らいのきっかけとなったように、忠治がようやく重い口を開いた。

「必死こいて、のっぺら坊の後を追ってみたら、なんのこたあねえ。俺っちの親代わりの人だった」

忠治はそう言うと、全身の力が抜け落ちてしまったかのように、がくりと肩を落とし首をうなだれた。

「そのむかし世話になった人というのは聞きましたが、それは親代わりの人だったんですか」

平八郎はうっすらと目を開けたが、視線は目の前の膳《ぜん》に落としたままである。

「ああ……身寄りのなくなっちまった俺と八重が、下《さが》り松の富三《とみぞう》ってお人に拾われたことは話しただろ」

「ええ」

「その富三さん、すでに歳《とし》だったんだろうな。江戸で二年ばかりいっしょに暮らしてたんだが、ある日突然『俺は村に帰る』って言い出してよ。なんでも上州《じょうしゅう》高崎の産で、そこに親兄弟の墓がある。自分はどうしてもそこに埋めてもらいたいってな。今考えりゃ、その時すでに死ぬのを覚悟してたんだろう」

「病《やまい》だったんですか」

「ああ……しかし細《こま》けえ頃ってのは、病だのなんだの、よくわからねえじゃねえか。たまに医者が来て脈をとって薬を置いていくのをぼんやり見ていたが、医者にかかってるんだから、いずれ治《なお》ると思ってたんだ。なんとなくな。ところが、日に日に咳《せ》き込みがひどくなってよ」

「労咳《ろうがい》だったんでしょうか」

「いや。そこまでの病気じゃなかったようだ。いったん咳が出るとなかなか止まらなくなっちまうが、それでも元気なときゃ、おれたち兄妹を連れて、旨《うま》い物を食べに行ったり、名のある寺に出かけて行ったり、土産《みやげ》を買ってくれたりしてたんだからな」

「そうでしたか」

「だが、これも今考えりゃ、自分の死期を悟ったんだろうよ。それまで俺たちには、生まれも育ちもどこかわからねえって言ってたんだが、上州高崎に旅立つって聞いたとき
や、子どもも心に、もう会えねえんじゃないかって、そんな勘《かん》が働いたんだ」

「…………」

「富三さんは、俺たちに、『大事に使え』と言って、いくばくかの銭を渡すと、『お前たちのことは俺の義兄弟に頼んで身元を引き受けてもらい、然《しか》るべきところへ奉公に出すように言っとくから心配するな』って、わずかな間だが親代わりになるって人の家に連れてったんだ」

「それが、今回ののっぺら坊というわけですか。それにしちゃ、鉢右衛門《はちえもん》も法州《ほうしゅう》も、もっと若い様子ですが」

「いや。その息子だよ」

忠治はそう言って、頭を振った。

「……なるほど」

「俺よりちょいと年上だったかな。いっしょに隠れん坊なんかして遊んだ記憶もあるんだが……優《やさ》しい奴《やつ》だったな。俺たちが近所の悪餓鬼《わるがき》に囲まれていじめられてるときなんか、たったひとりで立ち向かっていって、逆にぼこぼこにのされちまったことははっきり覚えてる。俺がびっくりしてそばに寄ったら、そいつ、にこりと笑って、だいじょう

ぶかって……自分が血を流してるのによ。俺と八重のことを心配してくれたんだ。そういう奴だった」

忠治がいつに似ず言葉少ななのは、そんな理由があったのだ。

「だがよ。せっかく仲よくなれたってのに、俺たちはすぐ先代の勝蔵《かつぞう》親分とこに引き取られることになってな。それっきり忘れちまった」

「そうでしたか。で、その男の名前は」

「いや。それがはっきりしねえんだ」

「はっきりしない？」

「富三さんが言ってたんだが、『義兄弟は名前を名乗らねえ。お前たちも聞いちゃならねえ』ってな。だから息子のほうもそうだったんだろうさ。結局最後までわからずじまいだった」

忠治はそこまで話すと、ようやく胸のつかえが下りたのか、ぐい呑みを傾けて、ごぶりと中身を干した。

ようやく忠治の顔を見た平八郎は、兄妹というのは飲み方まで似るものだなと思っていた。

「それで……」

平八郎が先をうながすと、

「たどって、たどって、ようやくのことで見つけたよ」

「見つけましたか」

期待に満ちた平八郎とは違って、忠治の顔色は冴《さ》えなかった。

「ああ……」

忠治が晒《さら》しに突っ込んであった煙管《キセル》を抜き出すと、すぐさま矢介が刻《きざ》み煙草《タバコ》を、兼吉が座敷の傍《かたわ》らに置いてある火種の入った煙草盆《ぼん》を運んで来た。

忠治が煙草の葉を詰めて火をつけ、心を落ち着けるように深々と煙を吸い込むまで誰も言葉を発する者はおらず、ただ忠治のふる舞いを、見るともなくぼんやりと眺《なが》めていた。

「突き止めたはいいが、ある屋敷に入ったまま、出て来なくなった」

「どういうことでしょう」

「わからねえ……わからねえが、たぶんこっちの動きに気づいたんじゃあるめえかな。向こうさんだって、そんじょそこらの素人《しろうと》じゃねえ。自分の身辺に誰か迫っているかどうか察しはつくだろうし、もしかしたら俺が当たった人間の誰かが耳打ちしたのかも知れねえな。まあこの世界は、貸し借りの世界と言ってもいいぐれえだ。同業に貸しを作れるんだったらって、ご注進におよんだっておかしかねえさ」

「なるほど」

「誰かに探りを入れるってことはな、その分こっちの身元もばれる危険があるってことさ」

忠治はいつになく大人びた口を利《き》いていた。その名前も知らぬ義兄弟同然の男に、感じるものがあるのだろう。

そう平八郎が思ったとたん、

「名前はわかった」

忠治が吐き捨てるように言った。

「本当の名前かどうかわからねえ。だが、俺には、なんとなくそれが本名のように思える」

座敷にふたたび沈黙が訪れたかと思うと、それを破ったのは、忠治が煙草盆を叩《たた》くカツンという音だった。

その音が、今宵《こよい》いつもより余計に響《ひび》いて聞こえたように思えたのは、果たして錯覚《さっかく》だったろうか。

「富蔵《とみぞう》」

忠治がぽつりとつぶやいた。

「え？」

「俺らを拾ってくれたあの下り松の富三と一字違いだ。だから俺は、実は富蔵は義兄弟だっていう男の息子じゃなくて、下り松の富三自身の息子だったんじゃねえかって思うんだ。いや」

忠治は煙管の火種を落として後を続けた。

「もともと名前はねえんじゃねえかな、富蔵には。下り松の富三って名前だって、本名かどうかわからねえ。俺は勝蔵親分に暇《いとま》をいただいては、なんどか上州高崎まで足を運んで、村という村をしらみつぶしに当たったんだが、富三なんて名前はついぞ出て来やしなかった。自分で勝手に、富三って名乗ってたんじゃねえかって、今じゃ思ってるよ」

「…………」

「だからその息子も、同じようなことだったんじゃねえかと思う。名無しの富三の息子だから、名無しの富蔵ってわけだ。一字違いにすることで、自分の本当の親のことを忘れねえようにしたかったんじゃねえかなあ」

「富蔵さんって言うのかい」

八重も兄同様、しんみりとした口調でつぶやいた。

「それで……」

平八郎は心のどこかで、それ以上忠治に尋《たず》ねるのが残酷であるような気がしつつも、

「その富蔵とやら、どこの屋敷に入ったきりなんでしょう」

「それがよ。大手柄《おおてがら》さ。だからもっとはしゃいだ気分になると思ってたんだが、そうじゃなかった。なんだかこの俺が、恩義のある人の息子さんを雪隠詰《せっちん》めにしちまったんじゃねえかなって気がしてよ。もしかすると富蔵には、そこ以外逃げ場がねえのかも知れねえ」

忠治はさらにひと呼吸置いてから、

「どこだと思う」

「さて」

「矢車格之丞《やぐるまかくのじょう》って旗本《はたもと》の屋敷だよ」

座敷にいる全員が、えっという顔をして、忠治の顔をまじまじと見た。

「まさかな。すべてのことが、みんな矢車家に流れ込むとはよ。お天道さまでもわかるまいって。富蔵が、たぶんおたねと逃げ込んだのが矢車家なら、蜻蛉が呼ばれたのも矢車家ってわけだ」

「……舞台が整いましたね」

「整ったもいいとこだ。俺は正直、今回だけはちょっと気味が悪いぜ」

初めて見る忠治の不安気な表情だった。

その場の沈んだ雰囲気を取り繕《つくろ》うように、治兵衛《じへえ》が、

「ほう。勝蔵一家の忠治さんともあろうお方が、怖いと」

と半《なか》ば茶化したように言うと、

「ああ……怖い。お天道さまの光も届かないような薄気味の悪い屋敷だ。本所《ほんじょ》にあんな暗い屋敷があるなんて知らなかったぜ。まるで暗闇《くらやみ》の屋敷だ。富蔵とおたねを吸い込み、蜻蛉を吸い込もうとし、お次は俺や旦那《だんな》、治兵衛さんを吸い込もうと待ちわびている気がしてならねえんだ。きっと……」

「きっとなんでしょう」

平八郎の表情が険《けわ》しいものに変わっている。

「俺たちのことを知ってるぜ」

「………」

「最初が山崎家《やまざきけ》の化《ば》け物姫。お次が旗本たちの元締めみてえな久世家《くぜけ》。そしてこんどは矢車家と来た。化け物どもだって馬鹿じゃねえ。こっちが気づかねえ間に調べを進めてたと考えて、用心しといたほうがいい。この世界で生きてきた俺の勘じゃ、たぶん矢車格之丞って野郎は、手ぐすね引いて待ちかまえてやがるに違いねえ」

忠治はきっぱりとそう言うと、内に秘めた闘志に火が点《つ》いたのか、それまではどちらかと言えばしょげたような感じであったのが、急に生き生きと、いつものごとく暴《あば》れ馬のような鋭い目つきを取り戻していた。

「なあに。出入りの時はいつだって怖えんだ。だが、いつか親分が言ってたぜ。怖いと思うなら、まだ生き延びられるってな。死ぬ奴は、修羅場《しゅらば》をくぐりすぎて、いつの間にか怖いという気持ちを忘ちまう。その時がいちばん死にやすいってよ」

忠治はまくり上げた腕に、ペッと唾《つば》を吐きかけて叩《たた》きこすって塗りつけるようにした。

忠治の言う通り、修羅場が大きな口を開けながら、すぐそこで牙《きば》を剥《む》いて待ちかまえていた。

二

治兵衛と忠治は、小春と八重を伴って、矢車家の屋敷へと向かって歩いていた。勝蔵一家の若い衆である矢介は両手に大きな手桶《ておけ》を持ち、同じく兼吉は天秤棒《てんびんぼう》を担《かつ》ぎながら、重そうにお供《とも》をしている。

本所深川《ふかがわ》とは言っても、矢車家の屋敷は大横川を越えた先にあって、周囲には田畑が続き、海の方角には宏大《こうだい》な木場《きば》がいくつも存在する一帯にほど近い。

自然このあたりには大名や大身《たいしん》の旗本の下屋敷《しもやしき》と言われる屋敷が多く、そのほとんどが火事に備えて木を蓄えたり、敷地内で農作物を作ったり、あるいは魚の干物や畑の肥料として使う鰯《いわし》などをしまっておく倉庫などがあった。

たとえば大横川にほど近い一橋家《ひとつばしけ》が所有する一帯は、享保《きょうほう》八（一七二三）年から三年がかりで埋め立てられた十万坪《つぼ》と言われる新田であったが、地質が適さずに、主に銭を鋳《い》る場所として使われていた。

この物語からおよそ四十年の後、安藤広重《あんどうひろしげ》の『名所江戸百景』第百七番目に、「深川洲崎《すさき》十万坪」と名づけられ、遠く白い筑波《つくば》の山並みを背景に、大空から獲物を狙《ねら》って急降下する大鷲《おおわし》が生き生きと描かれている。

それはさておき――。

矢車家の屋敷へと向かう一行の中に、なぜか平八郎と蜻蛉の姿が見えない。

平八郎は出がけに、

「いくら茶屋から屈強な従者の方がついて来られるとはいえ、蜻蛉さんの身辺も危ない。敵の狙いはこの平八郎であることは疑いないでしょうし、蜻蛉さんが座敷に上がるまではなにごとも起こらないでしょうから、治兵衛どのはいつもの通り料理の下ごしらえを始めていてください。わたくしは後から顔を出します。市《いち》さんにお願いしておいた牛の骨髄《こつずい》の膠《にかわ》も取りに行きたいと思いますので」

と言って、なにか言いたそうな一行を無理矢理家から押し出してしまったのである。

市というのは、浅草広小路《ひろこうじ》にほど近い路地裏で、店の看板も出さずにこっそり獣肉の卸《おろし》を営《いとな》んでいる巨漢で、これまた長崎とは縁《えん》の深い男である。

その市に、平八郎はどうしても聞いておきたく、しかも治兵衛以外には知られたくない一件があったのだ。

市の店では肉を焼いたり煮たりの作業を一切おこなっておらず、生肉や塩漬け肉しかあつかっていないから、店の外に臭《にお》いが広がるおそれはほとんどない。

それ以外の、骨髄を煮込んで作る膠や焼き肉、燻製《くんせい》などの類《たぐい》は、注文を受けてから深川の船着き場に停めてある舟に乗り込み、海上に出てから調理を始めるという用心深さなのであった。

蜻蛉とは、竪川《たてかわ》に架《か》かる二ツ目橋にほど近い弥勒寺《みろくじ》そばの茶屋で待ち合わせをしているから、帰りは小舟で大川を溯《さかのぼ》り、橋のたもとでおろしてもらえばいいと考えていた。

早朝、市の店に行くと、

「遅えな。もう舟を出しちまおうかと思ってたところだぜ」

約束の時刻までにはずいぶん時間があったにもかかわらず、せっかちな市はそう言って、形ばかりの小さな帳場の畳《たたみ》に寝転んで平八郎を待ちわびていた。

深川に停めた舟に乗り込むには、浅草から別の小舟に乗って出かけたほうが早いし、肉類を運ぶにも都合がいいからと、市は大小二艘《そう》の舟を持ち合わせていたのだが、その船着き場に向かう道すがら、市が気になることを言った。

「長崎は魔窟《まくつ》だな」

「…………」

「俺が思うに、唐《から》や南蛮《なんばん》から見知らぬ文物《ぶんぶつ》が入って来るとき、長崎ってえ細い針の穴を通して、この国では禁忌《きんき》とされてるようなものが紛《まぎ》れ込んでくるんじゃないかな」

「禁忌……」

「ああ。禁忌とされてるぐらいのもんだったらまだ可愛いもんだ。中には邪《よこしま》としか言いようのないものまで入って来てる」

「どんなものでしょう」

「ありとあらゆる邪なもんさ。宗教も然《しか》り、人殺しの武器も然りだ。かつて俺たちが目にした蛇《へび》の像なんざ、まだ可愛いほうだ。中には魔物を崇拝《すうはい》し、祭壇に髑髏《どくろ》を祀《まつ》るなんておぞましい宗教もひそかに入って来ているらしい」

「髑髏であれば、立川流《たちかわりゅう》の密教もそのようなものだと耳にしたことがありますが」

「ああ。それも元をたどれば天竺《てんじく》からもたらされたものだからな。浅草にもあるが、聖《しょう》天《でん》さまをあがめる宗教はその天竺から来たって話だ。唐の国よりずっと遠いところにあるらしい。しかし今俺が言ったおぞましい宗教ってのは、そんなもんじゃないらしいぜ。なにしろ南蛮なんて肉を食う国でも忌《い》み嫌われる宗教らしいからな。天竺あたりの、まだ仏さまの教えが届くあたりならおとなしいってことだろうな」

　ようやく町が明るくなったばかりだというのに、すでに気温はうなぎ登りで、大酒飲みの市の額《ひたい》にはうっすらと汗がにじみ始めている。

その汗を手で拭《ぬぐ》いながら、

「そういう邪なものってのは、宗教だの武器だの教えだの薬だのに限ったもんじゃない。食い物だって同じだ」

「食べ物も？」

「そりゃそうさ。異国の文物を導き入れる時には、こっちに都合のいいことばかりじゃねえ。物事には表と裏ってもんがあるのさ。言ってること、わかるだろう」

「ええ。なんとなく」

市はチッと舌を鳴らしながら、

「こんな商売をしてる俺が言えた柄《がら》じゃないんだが、肉が入って来りゃ、血も入ってくる。骨の髄も入って来る。薬も食の一種だとするなら、わけのわからねえ薬だって入って来るし、とても俺たちが口にできねえ代物《しろもの》だって、否応《いやおう》なくくっついて来るのさ。そいつぁ、誰にも止められねえ」

「たとえばどんな食べ物でしょう」

「その答えのひとつがよ。ついこの間見つかったんだ」

「え？」

「血を干した粉とか、骨の髄とか、それに比べりゃ可愛いもんさ。さすがの俺も、長崎で取引してる奴から聞いたときには、耳を疑ったぜ」

「なんでしょうか」

平八郎が尋ねると、心臓に毛が生えているように太い神経の持ち主である市が、周囲にそれとなく目を配《くば》った後で、平八郎の耳に顔を寄せて、なにかを小声で囁《ささや》いた。

「えっ」

肉のあつかいには慣れているはずの平八郎の顔色がさっと青くなった。なにか聞き違えたかと思ったほどだった。

「しかも、本場じゃ生きたままのを食うらしいってえから気味が悪いぜ」

獣肉の本職であるはずの市の顔色も心なしか青く見える。

市が続けた。

「さすがに平戸《ひらど》じゃ、生きたのはもちろん塩漬けなんかも無理だった。薩摩《さつま》から琉球《りゅうきゅう》辺りで飼《か》ってるというから、そこまで行きゃ手に入るかも知れんが、さすがに物が物だからな」

「そうですか……」

「ほんとにそんな料理があるのかい」

「ええ。ある人に聞いた話では、天竺とか、暹羅《シャムロ》（いまのタイ）とか、天竺よりもさらに遠い国々ではふつうに食べられているそうです。清国《しんこく》の宮廷などでも食べられているようですが、やはり唐の国まで来ると、どこかやましさのようなものが出て来るのでしよう。おおっぴらには食されないようです」

平八郎が聞いたある人というのは、水戸《みと》藩御留流庖丁術《はんおとめりゅうほうちょうじゅつ》の継承者であり、平八郎に肉料理の真髄《しんずい》を直伝《じきでん》した穴山助五郎《あなやますけごろう》という料理人のことである。

助五郎に、関宿藩《せきやどはん》の御家老《ごかろう》を饗応《きょうおう》するための料理をまかされ、有頂天《うちょうてん》となった平八郎の鼻っ柱を折り、結局は平八郎を御留流の道へと引きずり込んだ張本人でもあった。

しかし一方では配下の黒ずくめの者たちを引き連れて江戸に現れ、久世家に追われて絶体絶命の窮地《きゅうち》に陥《おちい》った平八郎らを助けたことから、実際には助五郎よりさらに上に、正式な継承者が存在している可能性がある。

「まあ、今回はどうしても手に入らなかったが、見た目だけはそっくりの物を用意しておいてやったぜ」

「そっくりの物?」

「まあ、見てのお楽しみだ。黙ってついて来な」

市はそこまで言うと、にやりと笑っただけで、後はなにも言わなくなってしまった。

平八郎は市とともに小舟に乗り込み、深川で大きな船に乗り換えて、船上の人となった。

夏の海は、容赦《ようしゃ》なく照りつける陽の光をはね返して、目もくらむほどまぶしかったが、船の屋形の庇《ひさし》が作った陰の下に座ってじっと眺めていると、無数の光のきらめきの中にも、すでに秋の気配が漂っているような気がして、平八郎は飽《あ》くことなく、綾《あや》なす波の文様《もんよう》を眺めていた。

三

忠治が下見をしてきたように、矢車家の屋敷内は、樹木が鬱蒼《うっそう》と茂り、母屋《おもや》やいくつかの別棟《べつむね》の辺りは、昼なお暗いありさまであった。

「よくもこうぎっしりと植え込んだものじゃて」

治兵衛があきれたように言った。

先頭を行くのはおそらく矢車家の用人だろうが、口数が少なく、ほとんどしゃべろうとはしない壮年《そうねん》の男だった。その陰気で寡黙《かもく》な男に先導されながら、一行は母屋の北にあるという台所へと向かった。

ふつうなら料理人など、通用門あたりから通されるのが関の山だったが、これが礼儀なのか、あるいは平八郎の一味であることに形ばかりの敬意を表してのことなのか、定かではなかった。

通路はよく踏み固められていたが、それが不必要なまでに曲がりくねって、屋根と壁の一部が見える母屋へと続いている。

通路から一歩出ると、ぎっしりと笹が植えられており、木々の根元をすっかり覆《おお》い隠している。

所々には胸ほどの高さのある歯朶《しだ》が群《む》れ生えていて、その中に警固の者が潜《ひそ》んでいたとしても、容易には見つけられないだろう。

(ここで襲われたらとても防ぎきれんな)

と思った矢先、

「ずいぶんと用心深い家ですこと」

三味線《しゃみせん》を抱え、治兵衛の後ろに続く八重が、小声で言った。

「うむ」

治兵衛は皆に向かって用心しろと言いかけて、口をつぐんだ。

忠治はまだいいとしても、小春や矢介、兼吉は見た目にも気の毒なほど、おどおどした様子なのがわかったからである。これ以上心配させてはならぬと思い直したのだった。

母屋の玄関に突き当たって右に迂回《うかい》するように、用人は進んでいった。

「こちらへ」

を繰り返すばかりで、よけいな口は一切叩こうとしなかった。

(別棟の方角を避けたな)

治兵衛は勘づいていた。

おそらく別棟というのは、大名家でいう長屋の代わりであり、そこに大勢の侍《さむらい》が寝泊まりしているに違いなかった。

屋敷の北の外れには、けっこうな数の家があるようだという忠治の話からも、矢車家の侍の家族はそちらを本宅として、母屋を守る役目の者が、交替で別棟に詰めているのだろう。

久世家もそうであったように、おそらくはこの矢車家も、譜代《ふだい》の家来《けらい》たちとは別に、大勢の浪人どもを雇い入れていると見てよかった。

「こちらでござる」

井戸を過ぎた少し先に、障子戸《しょうじど》があって、用人はそこを指さして言った。

治兵衛らが招き入れられるがまま中へ入ると、そこはなんの変哲《へんてつ》もない薄暗い台所だった。

「ご自由に使われてよろしい。わからないことがあったら、そこにいる下男下女たちに聞いていただきたい。皆には、今日一日貴殿らの指示に従えと言い渡しておるから、何用にでも使っていただいてけっこう」

陰気な顔をした用人はそれだけ言うと、それでは拙者《せっしゃ》はこれでと言い残してその場から消えてしまった。まさにとりつく島もないといったありさまだった。

「さて……」

治兵衛は台所の内部を隅《すみ》から隅まで見渡してから、軽いため息をついた。

「好きに使えと言われても、こう放っておかれてはのう」

三人の下男と五人の下女が、不安そうな顔をしながら片隅に立っている。

時おりちらちらと治兵衛らの顔を盗み見ているが、この者たちにも、先ほどの陰気な用人の雰囲気、いやこの屋敷全体から感じられる陰湿な空気が乗り移っているかのように思えた。

「それでは今日一日よしなに頼む」

治兵衛は下男下女に声をかけたが、皆返事をするでもなく、さらに身を縮めてうなずいただけだった。誰ひとりとしてまともに、正面から治兵衛らの顔を見ようとする者はいなかった。

「なんだか通夜《つや》みてえだな」

上がり框《がまち》に座り込んだ忠治は、化け物屋敷にでも入り込んだように、台所の高い天井板を見上げている。

壁の高いところには、竈《かまど》の神さまを祀る古びた神棚がとりつけられているが、煤《すす》で真っ黒に変色してしまっている。

その注連縄《しめなわ》だけが新しく見えるのは、いちおうは掃除や手入れをしているということなのだろう。

「この屋敷の料理人はおらんのか」

治兵衛が尋ねても、下男たちは首を振るばかりで答えようともしない。

「今日は休みか」

重ねて尋ねると、全員がこくりとうなずいた。

「ふう……手間がかかる」

治兵衛はため息の連続だった。

「調味料は？　野菜はあるのか。米は？　炭や薪《まき》は」

治兵衛は次から次へと質問攻めにしたが、下男たちはただ力なく腕を上げて、聞かれた物のある方角をなんとなく指し示すだけであった。

「治兵衛の旦那《だんな》。そんなぼんくらどもに聞くより、自分で探したほうが早いぜ」

忠治は矢介と兼吉に命じて、台所に面した杉戸から障子戸から、戸という戸をすべて開け放して中を確かめて歩いた。

「おっ。酒樽《さかだる》がこんなにあるぜ。中身はと……」

樽の栓《せん》を勝手にずらした忠治は、あふれ出て来た酒を手ですくうと、そのまま口に持って行ってごくりと旨そうに喉を鳴らした。

「おおう。さすがはお旗本。佳《い》い酒じゃねえか」

「兄貴《あにき》っ。こっちの納戸《なんど》みてえな部屋に、なんだか気味の悪い海鼠《なまこ》みてえのが吊《つ》り下がってますぜ！」

矢介の声がした。

「なんだ？　気味の悪い海鼠だあ？」

「ほら、これ」

忠治が矢介を押しのけて、小さな部屋の中に首を突っ込んでみると、確かに橙色《だいだいいろ》をして白い粉をふいているようなおかしな海鼠が、梁《はり》からぶら下がっている。

「なんだこりゃ」

忠治がそのひとつをかぎ爪からはずして手にすると、背後から治兵衛が、

「ほう。珍しい。鱲子《からすみ》じゃな」

「鱲子？　なんだそれ」

「鱲子を知らんのか。ボラという魚の卵の塩漬けだよ。長崎の名産で……」

と言いかけたところで、治兵衛は口をつぐんでしまった。

（平八郎さまが気にしておられた長崎が、ここにもまた……）

物事にはあまり動じることのない治兵衛といえども、やはりなにか因縁《いんねん》のようなものを感じざるをえなかった。

まるで台所の宝探しといった時間が過ぎると、治兵衛はすぐさま料理の下ごしらえにとりかかった。

何日か煮たり漬けておかなければならないものはすでに下準備を終え、矢介と兼吉に運ばせて来ている。後は鰹《かつお》のダシを取ったり、同じくダシを取るための炒《い》り子の内臓《わた》をむしって苦《にが》みが出ないようにしたり、蕪菜《かぶな》を刻《きざ》んだり、煮物や鍋《なべ》に使う合わせ調味料を配合したりと、その場でしか出来ない細々したあらゆる作業であった。

そんな面倒な作業を、治兵衛は手際よく次々とこなしてゆく。その手並みのよさを、忠治や矢介、兼吉は、少し離れたところから、なんだか惚《ほう》けたような顔をして眺めている。

治兵衛は料理以外のことは目に入らぬというように、手を休めることなく、下男下女にあれこれ命じて水を汲《く》みに行かせたり、湯を沸《わ》かさせたり、今宵《こよい》使う皿や小皿、器《うつわ》、折敷《おしき》、膳《ぜん》の類を持って来させて選んだり、埃《ほこり》を拭わせたり、忙しく立ち働いている。

（こんな働きを、あと何年続けられるか……）

内心にそんな不安を抱えつつも、それをおくびにも出さず、治兵衛は年季《ねんき》の入った庖丁を使い続けた。

# 四

あとはダシを合わせ、煮込みを始め、割《さ》いた鰻《うなぎ》を蒸してと、治兵衛が終盤に差しかかった下ごしらえの段取りを思い浮かべていた時、

「それにしても遅えじゃねえか。平八郎の旦那はよ」

と、町人の住む家よりも幅広の上がり框に横になって鼻くそをほじくっていた忠治がつぶやいた。

「ん？」

その声に治兵衛が庖丁を握る手を休めて顔を上げてみると、確かに窓の外が暗くなっている。

鬱蒼とした林の暗さに加えて、その木々の合間を埋めていた空気が、色を濃くし始めているのがわかった。

もともと暗い台所の中はさらに暗く、竈にくべた薪の炎や七輪《しちりん》に入れた炭の火が赤みを増している。

（確かに遅いな）

治兵衛が少し心配になりかけた頃、静まりかえって人の気配の感じられなかった屋敷

の中に、少し動きが出たような気がした。

「ん……玄関のほうが騒がしいな」

忠治が鼻くそをほじった指を舐《な》めながら、体を起こした。

相変わらず汚《きたな》い男だと思いながらも、武術のぶの字も知らないはずの忠治の、野性的な勘というやつに、いつもながら驚かされる思いだった。

「おい、矢介」

「へい」

「ちょっと玄関見てこい」

「えっ」

まだ二十歳にもなっていない若い矢介は、忠治に名指しされて自分のあばた面《づら》を指さし、驚き顔で「俺？」という仕草をした。

「矢介っておめえしかいねえだろう」

「あ、でも、あっしひとりで？」

「馬鹿野郎。ひとりじゃ玄関も見に行けねえのか」

「い、いや、お侍がいっぱいいるし……兼吉も連れてってよござんすかね」

「兼吉はこれから俺の肩を揉《も》むんだ。なあ兼吉」

「へいっ。いつ揉んでさしあげたらよろしいかと、手ぐすね引いてお待ちいたしておりやした」

と、矢介よりさらに若いいがぐり頭の兼吉が、自分の頭をくりくりと撫《な》でながら調子のいいことを言った。

「早く行かねえかい」

これ以上もたもたしていると、気の短い忠治の雷《かみなり》が落ちそうなので、矢介は慌《あわ》てて腰を上げた。

「ったく、いくつになってもよ」

ぶつぶつ言っている忠治も、平八郎よりふたつ年下で、まだ二十二歳という若さである。

その忠治が胡座《あぐら》をかき、目をつぶって、気持ちよさそうに兼吉の按摩《あんま》を受けてしばらくすると、

「あ、兄貴」

矢介が青い顔をして戻って来た。

「客が来てやした」

「そうかい」

「変なのが」

「ん？」

「客が変でした」

「変な客って意味か」

「そうそう。それでござんす」

「なにがござんすだこの間抜け！」

忠治が矢介の頭をぺしりと張った。

「てめえはまともにしゃべれねえのか」

「す、すんません。でもあんまり変だから慌てちまって……」

矢介は叩かれた頭を撫でながら、

「人形かと思った」

「あ？　人形？」

「へい。年食った人形」

「だからきちんとしゃべれってんだよ」

忠治はもういっぺん矢介を叩きながら、

「年食った人形じゃ意味がわかんねえだろう」

「だって、外に停まった駕籠《かご》から頭巾《ずきん》をかぶった小柄な客が出てきて、玄関先で頭巾をとったら、すげえ年食ってて、で、まるで祭りのお面みてえに血の気がねえっていうか表情がねえっていうか……それがなんだか木彫りの人形みてえにふわーっと……」

「ふわーっとなんでえっ」

「ひっ！　もう叩かないでおくんなせえよ。だからね、ふわーっと、操《あやつ》り人形みてえに廊下に上がって、そんでさっきの俺たちを案内したあの侍の後にくっついて、すうっと滑《すべ》るように行っちまったんで……音もなくすううっと……」

と言って、矢介は落語に出て来る幽霊《ゆうれい》のように、両手をだらんとさせ、上目づかいに忠治を恨《うら》めしそうに見ながら、すうっと体を近づけて来たので、忠治は思わず、

「ば、馬鹿っ。やめろ、やめねえか」

と体をそらせながら怒鳴っていた。

「ったく気味の悪い野郎だな」

忠治はその場に座り直すと、襟元《えりもと》を直しながら、

「よし。そのすううっと動く人形とやらを、ちょっくら見に行ってみるか。おい、兼吉」

と立ち上がりかけたところで、

「ああ……無理無理」

矢介が今度は顔の前で手をひらひらとさせたので、

「なにが無理なんでえ。この抜け作、さっきは幽霊の真似《まね》かと思ったら、こんどはなんだ。鯛《たい》かヒラメか」

忠治が片膝《かたひざ》ついたままの姿勢で悪態《あくたい》をついた。

「いやもう、玄関の辺りは殺気だってるんで、行かないほうがよござんす」

「殺気だってる？」

「お供の侍だか、この屋敷の侍だか知らないけど、もう侍がうじゃうじゃ。こう、なんていうか、まなじりを穴《ケツ》したっていうか」

「まなじりを決したって言うんだよ！　まなじりに汚ねえケツくっつけてどうしようってんだい！」

矢介はまたこっぴどく叩かれた。

「やめといたほうが……」

「この忠治さまを舐めてんじゃねえぞ。襖《ふすま》の陰からちょっとのぞくだけだ」

と忠治が勇ましく立ち上がったところで、

「確かに矢介の言うとおり、やめておいたほうがいいな」

と治兵衛が止めにかかった。

「え？」

「この前の久世家での斬《き》り合いが、こちらさんにもよほど応《こた》えておるのだろう。かなりの手練《てだ》れをそろえて、万が一のことがあったら誰でも斬り捨ててかまわんと命じられているに違いない」

「う……確かに、矢車家は俺らを手ぐすね引いて待ってるに違えねえと言ったのは誰でもねえ。この俺だ」

「だとしたら、へたに動くと危ないぞ」

「むう」

「平八郎さまがお見えになるまで待て」

「そ、そうだな。平八郎の旦那が来る前に出入りにでもなっちまったら、旦那の出る幕がなくなっちまうもんな」

と忠治は強がりを言って、立ち上がった体を元に戻して胡座をかいた。

「しかしそれにしても、旦那、遅いねえ」

ふたたび肩に肘《ひじ》を当てて押し込むように按摩を始めた兼吉の腕がよほど気持ちいいのか、忠治はなんとなく惚けたような顔をしてつぶやいた。

## 五

それから半刻（およそ一時間）ほどすると、もうひと組の客が現れた気配がした。

「また化け物じゃねえのか」

忠治が気味悪そうに言った。

「おい、矢介。見て来い」

言われた矢介は青い顔をしてぶるぶると頭を震わせた。

「ちっ。仕方ねえな」

忠治は舌打ちをしながら立ち上がった。

これ以上自分で出て行かずに矢介や兼吉ばかり使っていたら、おのれの看板に傷がつくとでも考えたに違いない。

治兵衛がふり返って、やめておいたほうがいいという視線を投げかけたが、忠治はそれに気づかなかったか、あるいは気づかないふりをしたか、わざとらしく肩を怒らせながら、悠然とした足取りで玄関のほうへ歩いて行った。

廊下の突き当たりにある杉戸を開けようと忠治が手を伸ばしかけたとき、ガラッと音を立てて戸が開き、目の前に見たこともない女が立っていた。

「わわっ！　て、てめえこのアマ！　いきなりびっくりするじゃねえかっ！」

「すまぬ」

「すまぬって……この野郎、女のくせしやがって、なんだってんだ、その言葉づかいは……」

忠治は自分より背の高い女を見上げながら啖呵《たんか》を切ろうとして、うっと喉をつまらせた。

目の前に立っていたのは、派手な化粧に白と紫の文様の裃《かみしも》をつけた、いかにも役者か陰間《かげま》といった人物だったのである。

「おまえ、もしかして男？　いや、背は高いが、その顔はどう見ても女……ん？　いや待て。俺はどっかで会ったことがあるぞ」

「ふふふ」

「ふふふじゃねえや。ちょっと待ちやがれ。あれ？　あれれ？」

忠治は顔を横にしたり縦にしたりしながら、ほっそりとしながらも図体のでかい女の顔をじろじろと遠慮《えんりょ》なく見回している。

「うーん……いや確かにどっかで見たことがあるんだけどなあ。誰だったかな。陰間の知り合いなんて、蜻蛉の野郎しかいねえしよ。あれっ？」

忠治が精一杯伸び上がった、その背の高い女だか男だかの肩越しに背後を見ると、

「なんだあ。蜻蛉ちゃんじゃないの」

と急に猫なで声を出した。

「なにが、ちゃんだよ。気持ち悪い」

いつの間にか忠治の後ろに近づいていた妹の八重が、ゲテモノでも見るような目つきで鼻を鳴らした。

「あ……あれ？」

その八重の隣には、付き添われるようにして小春が立っている。この屋敷に名指しで呼ばれた弟の蜻蛉のことが心配でしかたないのである。

小春に好意を抱いている忠治は、それを敏感に察したらしく、

「小春ちゃん。だいじょうぶだよ。心配しないでもよ。俺がついてるからさあ」

とさらに気味の悪い猫なで声を出した。

「ったく、どこの方言だい。情けないねえ、馬鹿兄貴を持つと」

八重がぶつぶつと小声で悪態を吐き続け、ようやく溜飲《りゅういん》が下がったのか、

「こういうことだったんだねえ。旦那」

と、まるで玄関への通路をふさいだ形で立っている女男、いや、男女に向かって感心したようにつぶやいた。

「これなら蜻蛉さんや、小春さんだって安心ってもんさ」

「え？　お前、今なんてった？」

忠治がきょとんとしたしまりのない顔になった。

「今、旦那、とか言わなかったか」

忠治はちらりと八重をふり返ると、またすぐに視線を目の前の大陰間に戻した。

「お前、女？　だよな？」

「はい」

が、その消え入るような声の中には、まぎれもなく男特有の太いものが混じっている。

「あっ。その声！　えっ！　まさか……旦那？」

「はい」

「ううう——」

忠治は声にならないおかしなうめき声を出すと、そのまま口をあんぐりと開けたまま動かなくなってしまった。

と思った矢先には、台所の土間で皿の割れる派手な音がして、皆が思わずふり返ると、これまた治兵衛が凍《こお》りついたようになって、手にしていた皿を十枚ほど落としてしまったのだった。

「わ、若……」

冷静沈着なはずの治兵衛もまた、口を開けたまま、言葉が出て来ない様子である。

「あはは。似合いますか」

陰間に扮《ふん》し、艶《つや》やかな化粧と、白い空と紫の大地に赤い揚羽蝶《あげはちょう》が乱舞するというきらびやかな衣装を身にまとった平八郎は、長年その成長を見守ってきた治兵衛でさえ、ひと目では見抜けなかったのである。

それを見抜いた八重の眼光というのは、さすが修羅場をくぐってきた女の勘というものであったろう。

「本当に、平八郎さま……？」

小春は胸の前で手のひらを合わせて、どぎまぎとした様子で平八郎をじっと見上げている。

「はい。どうです？　似合いますか？」

平八郎は台所の隅で働く下男下女に聞こえないように声を落として言った。

「………」

どう思ったものか、小春は平八郎から視線をはずすと、下ろした手の指をもじもじとさせてうつむいてしまった。

それを見た平八郎は、ん？　という少し困惑げな表情で小春を見下ろした後、

「座敷のほうはおまかせを。蜻蛉さんには指一本触れさせやしませんから安心してください。それに今日は、茶屋の三隅楼《みすみろう》さんが強力な助っ人をつけてくれましてね」

「助っ人だって？」

忠治がまた伸び上がって玄関のほうを見ると、そこにはちょうど、式台を登ろうとしていた蜻蛉が脱いだ草履《ぞうり》を、屈《かが》みながら丁寧《ていねい》にそろえている男の姿があった。

彼らは陰間の従者であり、上方《かみがた》では金剛《こんごう》、江戸ではまわしと呼ばれ、陰間に対しては絶対的な権力を握っていた。

彼らの機嫌を損ねたら、陰間にとっては収入のほとんどを占《し》めるお座敷仕事が回って

こなくなったという。

実は三隅楼のまわしのひとりが、以前蜻蛉とともに山崎家の宴席に呼ばれた帰り、夜道で山崎家の放った刺客《しかく》に襲われて絶命しているのである。

三隅楼としても腸《はらわた》の煮えくりかえる事件であったことは当然で、陰間の化粧をしに姿を現した平八郎にいろいろと挨拶《あいさつ》やら打ち合わせやらをした後、

「うちらは確かに、あまりお天道さまにおおっぴらに出来る商《あきな》いをしているわけじゃございませんが、ただの虫けらあつかいされたあげく、好き勝手に生命を奪われるなんて謂《いわ》れはございません。先日殺されたうちのまわしは、口数は少ないが律儀《りちぎ》な男でしてね。陰間に対して陰湿なあつかいをする者も少なくない中で、あれに対してはこれっぽっちも悪い噂《うわさ》がなかった。それをまるで虫けらのように斬り捨てるなんて……」

三隅楼の貞紀代《さだきよ》という名の、年は四十絡《がら》みだろうか、女主人がいかにもという悔《くや》しそうな顔をした。

「まわしの連中も恨《うら》みを晴らさずに置くべきかと口にしておりましてね、ぜひとも今宵は、あっしを蜻蛉さんにつけておくんなさいと、ちょいと腕の立つ」

貞紀代はここでいったん言葉を切って、朱色の小袖《こそで》の袖をまくってぱしりと音を立てて腕を叩いて見せると、

「男が名乗りをあげましてねえ」

「はあ」

「松さん！　さ、入っとくれ。こちらが前にお話しした平八郎さまとおっしゃるお武家さまだ」

貞紀代が廊下に向かって大声で呼ぶと、

「へい」

と障子の陰から顔をのぞかせた男がいた。

「いいからこっちへお上がりよ」

「へい」

腕が立つというから、いかにも屈強そうなたくましい体つきを想像していた平八郎は、それが自分よりはるかに華奢《きやしや》な男であることに少なからず驚いていた。

「松五郎《まつごろう》さんはね。こう見えてもなかなかの苦労人で、事情があって上方から出て来なすってね。いろいろ仕事を転々として、うちに落ち着いてくれたんですよ」

と貞紀代は目を細めて言った。

「松五郎でござんす。よろしゅうお願い申し上げます」

わずかな隙《すき》もないようなたたずまいで、きちりと頭を下げた松五郎だったが、その目は鋭く、光の奥に、獣特有の凶暴《きようぼう》さと底知れぬ孤独さが見え隠れしているように感じられた。

その松五郎という男は、

「お邪魔いたします」

と警固の侍たちに頭を下げたまま、身を縮《ちぢ》めるようにして蜻蛉の後ろに付き従った。

「ははあ。あれが助っ人かい。なんだかやせっぽちにしか見えねえけどな」

忠治がそう言って口をとがらせると、

「つぶての名人だそうです」

平八郎が言った。

「つぶて？」

「ええ。石だろうがなんだろうが、百発百中で相手に当てる腕があるそうです。しかも恐ろしいのは鉄つぶてを使った時だと、三隅楼の女将《おかみ》さんが言ってました」

「鉄つぶて……ねえ」

手裏剣《しゅりけん》投げにはいささかの自信があるという忠治は、松五郎が同じく「投げ物」と分類されるつぶて投げの名人と聞いて意識したようである。

「さて。そろそろわたくしも座敷に上がらなければ」

平八郎がそう言ってきびすを返したとき、

「ばれてねえんだろ？」

忠治の小声が追いかけて来た。

「は？」

「その……平八郎の旦那だってことは、相手にばれてねえんだろ」

「もちろんですよ。治兵衛どのだってだまされたぐらいですから。ねえ、治兵衛どの」

呼ばれた治兵衛はなんだかぶっすりと黙ってうつむいたままだった。

六

正面に座った人物は、三十代の前半といったところだろうか。

山崎家にせよ久世家にせよ、これまで化け物じみた主《あるじ》ばかりを相手にしてきた平八郎は、

「儂《わし》が矢車家の当主で、格之丞と申す。今宵よしなに頼む」

ごくふつうの挨拶を、ごくふつうの表情と声で言われたので、少々拍子抜《ひょうしぬ》けしたような思いがした。

「こちらにおられるのは、当家がお世話になっておる方でな。今宵珍しい料理が出されると聞いておお知らせし、わざわざ足を運んでいただいたのだが……その料理人の佐々木《ささき》平八郎とやら、まだ台所に姿を見せぬと聞いて心配しておるのだが」

格之丞は、陽に焼けた健康そうな顔に、形ばかりかと思える憂《うれ》いを載せてみせた。鷹《たか》

狩《が》りかなにかを趣味としているに違いないと、平八郎はにらんでいた。

(だとすれば、弓の名人か)

松五郎の鉄つぶてといい、忠治の手裏剣といい、今宵は化け物の集《つど》いだけでなく、投げ物の集まりでもあるなあと、平八郎はなんだかくすりと笑いたくなる気分だった。

「吉太郎《よしたろう》とやら」

「あい」

「三隅楼の話では、お主《ぬし》も陰間だそうだな」

格之丞の顔が、作り上げたような憂い顔から、いぶかしげなものに変じた。

「いえ。化郎《ばけま》にございます」

「化郎？　なんだそれは」

「はい、年長《た》けた者は、もはや陰間の用には立たぬとて、化郎と呼ぶのでございます」

「ほう……初めて耳にする。化郎か。わはは、面白いことを聞いた」

格之丞は腹を揺すって笑った。

「十七歳を過ぎると、みな表舞台から身を退《ひ》くという不文律《ふぶんりつ》があるのでございます。さらにわたくしの場合、十六歳を過ぎたあたりから急に背丈が伸びてしまいまして。これではもう筍《たけのこ》というわけでございまして」

「筍？　また異《い》な事を言う。なんだ、その筍というのは」

「はい。育ちすぎると食べられないたとえにございます」

「わははは……これは面白い。その方、面白い男じゃのう。いや、男と呼んでよいのかわからぬが」

格之丞は、どこをどう見ても、豪放磊落《ごうほうらいらく》な武士にしか見えなかった。

(この男、どこも尋常《じんじょう》ならざるようには見えぬが……昔の戦国武将が、当たり前のように男色《だんしょく》を事にしていた時代も、このようにあっけらかんとしたものだったのだろう)

それに比べて、格之丞の左横にちょこんと座った老齢の武士は、先ほどからひとことも発することなく、忠治の言った通り、まるで置物のようにそこに在《あ》った。

「さて。料理はまだかな」

若い家来たちが運んで来た酒と肴《さかな》を酌《く》み交わしながら、しばらく戯《ざ》れごとを言い合うなどして場が盛り上がり始めたところで、格之丞が脇にはべっていた家来に声をかけた。

「すでに万端滞《とどこお》りなく整っている由《よし》にございます」

廊下に待機していた侍のひとりが答えた。

「うむ。ではそろそろ運ばせよ」

「は」

格之丞の命を奉じて下がっていった侍が、ちらりと庭の方角を見たから、その辺りに警固の者を伏せてあったに違いない。

目の前で屈託《くったく》なく笑う主と、その周辺を固める者たちの間に、大きな隔《へだ》たりがあるのはなぜだろうと、平八郎は考えていた。

「主膳《しゅぜん》どのに酌《しゃく》をせんか」

格之丞が、傍らの老武家を主膳と呼んだ。

(何者だろう)

まるで蛇《へび》だか蜥蜴《とかげ》だかのように、格之丞や平八郎がどんなに笑っても、眉《まゆ》ひとつ動かそうとはせず、蜻蛉から受けた酒を、ゆっくりと、ただ黙々と口に運ぶだけであった。

膳の上に並んだ治兵衛自慢の肴である東坡肉《トンポーロー》にも、陸奥《むつ》の奥で採《と》れたという実山椒《みさんしょう》と昆布《こんぶ》の佃煮《つくだに》にも、あるいは固めに茹《ゆ》でた素麺《そうめん》を、おろした鱲子と和《あ》えて、上に蕪と鱲子の千切りを飾った一品にも、まるで手を出そうとはしなかった。

しかし今宵はいっそう華《はな》やかな衣装に身を包んだ蜻蛉が横にはべり、両手でたおやかに銚子《ちょうし》を持ち上げて酌をし終えてその手を戻そうとしたとき、不意にその老武家の皺《しわ》だらけの手がすうっと伸びて、蜻蛉の手首を握ったではないか。

驚いた平八郎がその様子を見ていると、老武家は何食わぬ顔をして、平八郎や松五郎には見えないよう蜻蛉の体を衝立《ついたて》がわりにして、その手を撫でている気配であった。

(もしや……)

平八郎の脳裏《のうり》にある疑いが浮かびかけたとき、

「失礼致しまする。今宵の宴席にお出しする料理を作るようお呼びいただきました小野治兵衛という料理人にございます。このような格式の高いお家の方々のお口に合いまするかどうか一抹《いちまつ》の不安がございますけれども、力の限り務めさせていただく所存ゆえ、何卒《なにとぞ》よろしくお引き立て……」

と挨拶するのを途中でさえぎって、

「佐々木平八郎とやらはどうした」

と格之丞が不服そうに尋ねた。

「は。実は平八郎、よんどころのない事情が出来まして……」

治兵衛は消え入りそうな声で、しかしよどみなく答えた。

平八郎の女装した姿を見て、瞬時にその狙《ねら》いを察したに違いなかった。それほどまでにこの主従は、料理を通して、余人には真似の出来ぬほどの阿吽《あうん》の呼吸を作り上げて来たのであろう。

「よんどころない？　なんだそれは」

格之丞の表情が明らかに険《けわ》しくなった。

「は……」

治兵衛は一瞬言葉を呑《の》み込むようにしばし考え込んだ。

平八郎は、それも治兵衛の名演技であるなあと、またもや笑いを漏《も》らしそうになった。

いったい治兵衛はなんと説明するつもりだろう。

「襲われまして」

間《ま》を置いて発せられた言葉に意表を突かれたように、

「な……」

格之丞が絶句した。

「襲われただと？」

「は」

「何者に」

「いえ。わかりませぬ。朝方、今宵の食材の仕入れに出かけたのですが、戻りが遅く、そのようなことはかつていちどもございませんでしたゆえ、仕入れ先に人をやって尋ねさせたのでございます。すると……」

「すると？」

格之丞は怖い顔をしながら身を乗り出している。

「その仕入れ先の店の者が、もうとっくにお戻りになったというではありませんか。それを聞いた拙者は驚き、手分けして探しに行こうと前掛けをはずしたその時……」

「その時？」

「腕から血を流した平八郎が戻ってまいったのでございます」

「なんと」

「事情を聞きましたところ、食材を持って歩いていたら、路地に入った途端に斬りつけられたと申すではありませんか。驚いた拙者が、相手は何者と尋ねますと、揉み合いになったとき、相手の羽織がわずかにはだけ、紋所《もんどころ》が見えたと」

「なに。どのような紋所であったか」

「三鱗《みつうろこ》に間違いないと」

「な、なんと」

格之丞は怒りと動揺を同時に示した。

小声だが、格之丞は確かにそうつぶやいた。

「話が違う……」

（うまい！）

平八郎は、思わず膝《ひざ》を打ちそうになっていた。

三鱗といえば、平八郎らを始末しようと襲ってきた旗本のひとつ、山崎家の紋所だったのである。戦国時代の雄《ゆう》である北条家《ほうじょうけ》に連なる家系であることを、山崎一族が誇《ほこ》りに思っているらしいと、平八郎らは後日調べ上げていたのである。

そして格之丞が今、話が違うと思わず口にしてしまったのは、今宵平八郎を始末するのは矢車家の役割であったことを物語っていた。

その取り決めを破って、山崎家が勝手なふるまいをするとはなにごとかと、格之丞は憤激したのに違いない。

「そ、それで平八郎とやらは」

「は。幸いにして傷はそう深くはなく、医者で治療をしてから追いかけるとのことでございました。そろそろ姿を現す時刻かと思われます」

「そ、そうであったか……」

それを聞いた格之丞は、胸を撫で下ろした様子であった。

これで陰間に扮した平八郎が疑われるおそれは、ほとんどなくなったと見てよい。

(さすがは治兵衛どのだ)

平八郎はなんだか愉快になりかけたが、ぐっと気持ちを引き締めて、

「お取り込み中まことに恐縮ではございますが」

と格之丞に声をかけた。

「なんだ」

「今宵は夏の夜にいたしましてはいささか涼しく、どうにも暑さに疲れて動かなかった胃の腑《ふ》が、はやくなにか食べさせてくれと、この化郎の腹の中で暴れてございまして」

と悪戯《いたずら》っぽく言うと、

「わははは。そうだ。腹が減ってはいくさができんと申すからの。これ治兵衛とやら」

「はは」

「早う料理を運ばぬか」

「承知つかまつってそうろう」

治兵衛は大仰《おおぎょう》に一礼すると、廊下に待たせてあった下男下女から膳を受け取り、みずからひとつひとつ各人に運び始めた。

下男たちは、台所にいた時と打って変わって、こざっぱりとした衣装に着替えている。

それもまた、平八郎があらかじめ治兵衛と示し合わせておいた策のひとつなのであった。

## 七

八重の透き通った唄い声が、すっかり陽の暮れた屋敷の暗い庭の隅々まで、すべての不浄《ふじょう》を洗い落とすがごとくに流れている。

平八郎は、格之丞と老武家の間を忙しく行き来しては酒を注《つ》いでいる蜻蛉を見ながら、軽口を叩いて場を盛り上げている。

治兵衛が次々と運んでくるのは、過日老中《ろうじゅう》から幕府の高官たちに供した鰻尽くしの数々であり、平八郎と治兵衛がその後さらに工夫を凝《こ》らして洗練した自慢の品である。

して」

「老中松平信明《まつだいらのぶあきら》さまにあられましても殊《こと》の外ご満悦いただきました鰻料理にございま

膳出し前の治兵衛の挨拶に、

「なに。信明が？」

矢車格之丞は老中の名前を呼び捨てにし、明らかな敵意を見せた。

老武家のほうも、わずかに目を見開いて、この日初めての感情らしきものをのぞかせたのを、平八郎は見逃さなかった。

（やはり信明さまの政敵か？）

なんとはなしにそんな勘を働かせていた平八郎は、しかしそれを目の当たりにして、

（この一連の化け物旗本事件。ただそれだけで終わる話ではなさそうだな）

と新たな疑念が湧き起こるのを感じざるをえなかった。

「それではどうぞお箸《はし》のお取り上げを」

いったん廊下に下がった治兵衛が、料理の始まりを宣言した。

だが格之丞からも老武家からも、

「いただきましょう」

という、料理をいただく際の作法である言葉が発せられることはなかった。

次から次へと出される鰻料理の数々は、それが市中でふつうに食べられる蒲焼きだろ

うが、あるいは見たこともないはずの乳酪《にゅうらく》と蕪菜を使った鰻の切り身料理だろうが、素材や料理法そのものよりも、松平信明が旨いと感じたのはどんな味だったのか、そこにすべての興味が集中してしまったようだった。

「ふむ」

老武家が、能面のような表情を崩《くず》さず、

「いかにも……信明……これ……」

と今にも消え入りそうな声にもならない声でつぶやいた。

「は？」

まるで聞き取れなかった平八郎が老武家に顔を寄せて耳をそばだてた時には、老武家はすでに元の通り木彫りの人形のように動きがなくなっていた。

「ふん」

こんどは上座に座った格之丞が、

「子どもだましだ」

と嘲《あざけ》るように言った。

「子どもだまし……でございますか。どこかお口に合わなかったのでございましょうか」

治兵衛が困惑げに、そして同時に、料理人としての矜持《きょうじ》を傷つけられたような態度を表しながら尋ねた。

「いや。料理は旨い。だが老中首座ともあろう男が、これでご満悦とはの。さすがは吝《りん》嗇《しょく》で知られる松平定信《さだのぶ》の懐《ふところがたな》刀だった男じゃ。よほど味には飢えていたとみえる」

とても自分の言葉を取り繕うような態度ではなかった。

信明の舌に対する侮辱《ぶじょく》は、すなわち目の前に出された料理に対する侮辱に等しいということに気がまわらないほど、信明を嫌悪《けんお》しているのは間違いないだろう。

その時、先ほどから下男下女に混じって、料理運びを手伝い始めた忠治が、平八郎の前に三の膳を置きながら、周囲に聞こえないようなひそひそ声で、

「いま到着したぜ。矢介と兼吉にそれとなく見張らせてたんだが、旦那の狙い通り、庭の侍たちがいっせいに玄関に集まって来たとよ。これでこっちは手薄だ」

と言って、そのまま素知らぬ顔をして下がっていった。

その忠治と入れ替わりに、屋敷の侍が音もなく座敷に入って来て、上座の格之丞の耳に手を当て、なにか急を告げている様子だった。

間違いなく、平八郎が姿を現したとの報告であることは明白であった。

(そろそろ頃合いが近づいて来たようだな)

平八郎の読み通り、その侍が下がった直後、

「鰻はもうよい」

と格之丞が口火を切った。

「は？」

治兵衛がとぼけていると、

「お主らから申し出があった例の料理はまだか。早う出せ」

格之丞が乱暴に口にした。

およそ料理を味わうとか、楽しむとか、そんな風雅《ふうが》な心など一片たりとも持ち合わせぬ男のようであった。

「はあ」

「とぼけるな。不老不死の料理があるというから、招いてやったのではないか。こちらのお客さまにわざわざご足労いただいたのも、それがためだ。わかっておろう」

「はっ。それではいったん台所に戻りまして準備を整えたいと存じまする」

治兵衛の言葉に、

「すぐに出来るのであろうな。また半刻も一刻も待たされては困る」

格之丞は半《なか》ば苛々《いらいら》としながら尋ねた。

間違いなく狙いは平八郎の命であり、その前に不老不死の料理を味わっておこうという、餓鬼道《がきどう》に落ちた亡者《もうじゃ》のごとき貪欲な欲求であった。

治兵衛が一礼してその場を去ったのと時を同じくするように、偽《にせ》の平八郎が用人に先導されて姿を現した。

その平八郎に付き従っているのは、あの浅草の獣肉卸の市であった。

巨漢の市は、小綺麗に洗った白い割烹着《かつぽうぎ》を身につけ、布巾《ふきん》のかけられた長盆《ながぼん》を両腕で支え持っている。

「おお……平八郎とはその方か」

「遅くなりましてござりまする」

その偽の平八郎、実は平八郎に頼まれた市が探し出してきたそこそこ腕の立ちそうな浪人者で、修羅場のような斬り合いになるかも知れんぞと念を押したところ、

「いろいろとよんどころのない事情がございましてな。郷里に金を送ってやらなければいかんのです。二十両《りよう》もいただけるというのであらば、修羅場であろうがどこであろうが、お供《とも》させていただこう」

と笑って快諾《かいだく》したのだという。

なるほど、年は平八郎よりもひとまわりほど上のようだが、見た目といい背格好といい、近くに寄ってじっと観察でもしない限り、判別はつきにくい程度には似通っていると思った。

加藤《かとう》というその浪人者、格之丞の正面に座って一礼すると、市から教わったとおり、

「実は今日、予期せぬ事態が出来《しゆつたい》いたしまして、このように遅くなってしまった次第。

深くお詫《わ》び申し上げます。しかしながらお約束の品、つつがなく取りそろえ、すでに調理も終えてお屋敷まで運んで参りました」

「そ、そうか。そうか」

格之丞はすぐさま機嫌を直し、偽の平八郎の横に座った長益にちらちらと視線を送っている。

すでに格之丞の興味は不老不死の料理とやらに集まり、平八郎を始末するのは二の次と考えているようであった。

おそらくそれは、屋敷内に相当数の手練《てだ》れの者を集めたという自信から来る油断に相違なかった。

「実はこれは、拙者がいささか得意としております南蛮の料理ではございません」

「なに。南蛮料理ではないとな。ではどこの料理だ」

小春に矢介、兼吉、そしてすべての下男下女に、取り皿やら食事用の小刀、肉刺し(フォーク)、赤葡萄酒《ぶどうしゅ》などを運ばせた治兵衛が、ふたたび廊下に姿を現した。

それぞれの膳の上の汚《よご》れた皿を片づけ、運んで来た藍色《あいいろ》の染め付けの皿を置き終わった全員を、治兵衛はなぜか廊下ではなく、座敷の末席に座るよう命じた。

格之丞は一瞬、

「ん？」

という顔つきをしたが、もはや料理人の手伝いや、屋敷の下男下女が同席していることなどどうでもよいことになっていたのだろう。

いやそれどころか、口封じのため、下男下女を含めた全員を殺してしまおうと考えている可能性さえあった。

「異国の天竺よりもはるか遠くにある砂漠の国々で密かに作られた料理だと聞いております」

「ほほう……砂漠の国とな」

それを聞いた格之丞の興奮は、さらに高まったようだった。

「早う見せぬか」

「は……それでは……」

偽平八郎が市に目をやってこくりとうなずいた。

「おそらくこの珍無類な料理、目にするのも食するのも、間違いなく本邦初であると存じまする」

「う、うむ」

格之丞の喉がごくりと鳴った。

その時、老武家の能面のような顔の中央がぱかりと割れたように見えたのは、その黒々とした口が、まるで笑ったかのように大きく裂けて開いたからであった。

「では……」

市が腫《は》れ物でも触るかのような手つきで、そっと長盆を覆っていた布巾を取った。

するとそこに現れたのは、灰色がかった白い不気味な物体で、まるで唐草文様《からくさもんよう》のような黒い筋が幾重《いくえ》にも刻《きざ》まれた、ぶよぶよと揺れる醜悪《しゅうあく》な異物であった。

「な……」

首を伸ばしていた格之丞が、思わずのけぞるように上体をそらせた。

「な、なんだそれは……」

格之丞の顔は恐怖のあまり土気色《つちけいろ》に変わっていた。一方、老武家のほうはと言えば、顔に開いた黒い穴から、どす黒くよどんだ赤い舌をちょろちょろと出して、下唇《したくちびる》を舐め始めたではないか。

(蛇!)

平八郎は本能的に確信していた。

この男、まことは蛇の化身《けしん》ではなかろうか。

そしてこの蛇のような老武家こそが、先ほどから疑っていたとおり、矢車家の本当の主なのだ!

「こ、こ、これは一体……」

動転しているのは、格之丞ばかりではなかった。

事情を知っている治兵衛や市をのぞけば、八重は思わず三味線を弾《ひ》く手を止め、偽の平八郎も目を見開いて動けずにいたし、廊下に詰めたふたりの侍も愕然《がくぜん》と目を見張り、小春、矢介、兼吉そして下男下女たちは、驚きのあまり目を背《そむ》け、あるいは小さく悲鳴を上げ、袂《たもと》で目を覆い隠すなどして狼狽《ろうばい》していた。

その白い醜悪な塊《かたまり》は、もはや邪悪とさえ表現しても言い過ぎではなく、明らかに獣《けもの》の肉であることは確かなのだが、いったいそれがどこの部分なのか、誰にも想像がつかなかった。

「脳髄《のうずい》にございます」

動揺していた偽の平八郎が、かすれた声で、ようやく口にした。

「の、のうずい……」

「は。こちらが牛。こちらが山羊。そしてこちらが猿の脳でございます」

「うし……やぎ……さ、さる……」

格之丞はもはや鸚鵡《おうむ》のように言葉を繰り返すだけである。

「砂漠の国々では、こうしたものを、神に近づく神聖な食べ物として食しているとか。そしてそれはいつしかお隣の唐の国にも伝わり、清朝の宮廷で、人目を憚《はばか》りながら食されているとも耳にしております」

「う、うう……」

「その新鮮な脳を塩水に浸《つ》けて臭みを抜き、軽く蒸《む》し上げて火を通し、さらに南蛮の乳酪を使って下味をつけたところに、南蛮の醤油《しょうゆ》、唐の牡蠣油《かきあぶら》、葡萄酒、胡椒《こしょう》など秘伝の……」

「よ、よい……もうよい……」

格之丞は後ろに手をつきながら這《は》いずるように後ずさり、脳髄の料理とやらから少しでも遠く離れようとあがいていた。

それは格之丞ばかりでなく、その場にいた全員が同じ気持ちだっただろう。だが彼らは動くことすら出来ず、ただその場に張りついたように座っているばかりだった。

「よこせ……」

凍りつくような空気と、荒い息づかいがするだけの座敷に、しわがれた声が響いた。

誰もがはっとしてその声のほうを見ると、矢車家の当主に違いない老武家が、黒い穴からぼたぼたと涎《よだれ》を垂《た》らしながら、格之丞とは逆に、脳髄に向かって這いずり寄ってくる姿があった。

しかもなんということか、こともあろうに蜻蛉の手首をしっかりと握りしめて離そうとしないのである。

「あれ……やめてくだされ」

蜻蛉はか細い声を出しながらも、抗《あらが》いようもなく老武家に引きずられてゆく。

心の臓に毛の生《は》えたような市といえども、そのおぞましい老醜が近づいて来るのに堪《た》えられなかったらしく、思わず体をのけぞらせている。偽の平八郎もまた同じだった。

やがて長盆の上に載せられた三つの皿にたどりついた老武家は、そのまま両手で脳髄をわしづかみにすると、まるで発条《ばね》仕掛けのからくり人形のように、白い塊にかぶりつき始めた。

この世の物とは思えぬ凄《すさ》まじい地獄絵図が現出していた。

「正体見たりっ！」

いきなり太い声に変じた平八郎が、さあっと立ち上がって言った。

「矢車格之丞、げにおぞましきはおのれの醜態よ。そのとどまるところを知らぬ欲望で、これまでいったい何人の人間を殺《あや》めて来たっ！　神妙にいたせ！　すでに調べはついているのだ！」

初めて目にするような平八郎の憤怒の表情だった。

まるで山門を守護する仁王《におう》のように、平八郎は本物の矢車格之丞につつかかと詰めよった。

「おとなしく縛《ばく》につけ！　老中松平信明さま直々《じきじき》のご詮議《せんぎ》があるっ」

だが、わなわなと全身を震わせる平八郎の姿とは裏腹に、当の格之丞はきょとんとしたような顔で、ぼんやりと平八郎を見上げるだけだった。

そしてその表情には、うっすらと笑みさえ浮かんでいたのである。

玄関の方角が、にわかに慌《あわ》ただしくなった。

「くせ者っ！　出会えっ」

「賊《ぞく》ども、神妙にいたせ！」

どうやら老中の息のかかった侍たちが、屋敷に踏み込んできたらしい。

鋼《はがね》を打ち合う音が何合か聞こえて来たが、それはやがてゆっくりと収まってゆく気配であった。

しかし格之丞──替え玉のほうの格之丞は、ようやく動揺から立ち直ったらしく、

「斬れっ！　斬れ斬れっ！　生かして返しては、我らの命はないぞっ」

と庭に向かって叫んだ。

すると暗闇の中から、わらわらと警固の侍が湧き出て来るのが見えた。大半が平八郎を待ちかまえて玄関に移動したはずだったが、それでも十数名の侍が警戒おこたりなく当主の身を守っていたのである。

「若っ」

治兵衛が、隠し持っていた脇差《わきざし》の一本を平八郎に向かって投げ、みずからも仕込を抜き放った。

「野郎っ！」

忠治が手裏剣を投げつけようと大きく腕を振ったが、脳髄とやらを見てよほど浮き足立っていたに違いない。手裏剣は庭に飛ぶどころか、天井板に突き刺さるありさまだった。

市は懐から大きな牛刀《ぎゅうとう》を取り出し、小春を守りに走った。

矢介と兼吉も、震えながらも下男下女の側で立て膝となり、抜いた匕首《あいくち》をかまえている。

平八郎は足もとの化け物を足蹴《あしげ》にして、蜻蛉の腕を取った。

蹴られて転がった矢車家の化け物は、

「ぐええっ」

と蛙《かえる》のつぶれたような悲鳴を上げてもんどりを打ち、床の間の前まで転がった。

しかし多勢《たぜい》に無勢《ぶぜい》である上、満足に戦える武器も少ない。

それでも松五郎が投げた鉄のつぶてが闇の中をヒュウと不気味な音を立てながら走り、敵の体にぶつかって鈍《にぶ》い音を立てた。

間違いなく骨の砕《くだ》ける音がした。

しかし敵の肉迫も素早かった。

廊下にいた侍ふたりが、隙を見て当主の両腕を抱えて廊下に引きずり出すようにして脱出をはかったが、平八郎にはそれを追う余裕はなかった。

脇差では、手練れぞろいの敵の猛攻を防ぐのがようやくだったからである。

「拙者にも刀はないかっ！」

偽の平八郎が叫んだが、屋敷に上がる時に預《あず》けるよう強要されたとみえ、身には寸鉄《すんてつ》も帯びていない。

「これは……山崎や久世の時の侍たちとは雲泥《うんでい》の差ですな」

平八郎と背中合わせになって左右の敵と対峙《たいじ》している治兵衛が、そう言って笑った。

「うん。敵も馬鹿じゃなかったということですね。食材を選ぶ時と同じように、吟味《ぎんみ》に吟味を重ねた逸材《いつざい》ぞろいというわけでしょう」

いつもの冷静な口調に戻った平八郎も、笑って応じた。

「しかしこのままではいかんですな」

「まあ、やれるところまでやりましょう」

窮地に立たされた主従の会話とはとても思えぬのんびりとした口調だった。

「ひ、ひとり当たったが、もうなくなっちまった」

忠治がふたりの側に飛び込んで来た。

「手裏剣がですか」

「そうそう。もっといっぱい持って来りゃよかった」

「まあ、千住の川原で見ていたところでは、常吉《つねきち》くんと伊助《いすけ》くんのほうが筋がよかったみたいですからね」

「そう言うない」

少し離れたところで、松五郎の、

「くそっ」

という罵《のの》り声《し》がした。松五郎の鉄つぶても、どうやら底を突いたらしい。

蜻蛉の手を引いて座敷の隅に逃げた小春を、市の代わりとなった八重が、逆手《さかて》に持った仕込みの小刀で守りに入っている。

滑稽《こっけい》なのは偽の平八郎で、いまだに、

「刀はないか。拙者にも刀をくれっ」

と叫びながら逃げ回っているのであった。

誰の頭にも、このままでは……と不吉な考えが過《よぎ》った時、

「うっ」

「むっ！　後ろに新手だっ」

と敵が叫ぶ声がした。

庭の向こうでも斬り結ぶ音が聞こえ始め、座敷に殺到していた侍たちの半分ほどが、廊下から飛び降り、背後の加勢に走った。

何者だろう。玄関に殺到したご老中さまの手の者とは、また異なる気配だった。

平八郎がそう思った時、

「死ねっ」

偽の格之丞が、太刀《たち》を力一杯振り下ろしてきた。

平八郎はかろうじてその鍔元《つばもと》近くを脇差で受け止め、ぎりぎりと鋼をこすり合わせながら押し合う形となった。

「旦那っ！」

跳び退《すさ》っていた忠治が叫ぶや、おのれの匕首を平八郎に向かって放った。匕首は弧を描きながら宙を舞い、するりと治兵衛の左手に収まった。収まったと見えた刹那《せつな》、突き出された治兵衛の手に平八郎の腕が伸びて、その匕首を受け取った次の瞬間、

「あっ……」

断末魔《だんまつま》の悲鳴を上げながら、刀から急速に力が抜け、偽の格之丞がその場に座り込むように崩れ落ちた。

その脇腹には、忠治の匕首が深々と突き刺さっていた。

「無念」

と口にしたのは平八郎のほうだった。

なるべく人を殺したくないという平八郎が、またひとり、この世から命を消し去って

しまったおのれを呪《のろ》って吐いた言葉だった。

「このありさまではそうするより他ございませぬ」

治兵衛が気にするなと言った。

庭のほうはと見ると、

「やはりな……」

平八郎が想像していたとおりの展開だった。

水戸藩御留流を仕切る穴山助五郎《あなやますけごろう》率いる黒装束《くろしょうぞく》が、いつの間にか手薄となった側の塀《へい》を乗り越えて、助っ人に現れたのである。

助五郎に言わせれば、それはいったん御留流に属したからには、勝手に抜け出ることは許されないし、逆にまた御留流は命を捨ててでも仲間を守るのが掟《おきて》であるということだった。

しかし今回、老中松平信明や、それと敵対する政敵の存在があるに違いないと確信してしまった平八郎にとっては、もはや説得力のある答えではなかった。

なにかが幕府内で起こり始めている。そして水戸藩を抜け出した自分は、何者かによって利用されようとしているのではあるまいか。

そうした確信と疑いは、事件が起こるたび、平八郎の中で朧気《おぼろげ》ながら像を結びつつあった。

もはや藩の御留流内部だけの問題ではあり得なかった。

そうこうしているうちに、敵方の反撃は、次第に弱まっていった。

玄関の方角ではすでに騒ぎは鎮圧《ちんあつ》されたようで、どやどやという足音とともに、大勢の侍たちが近づいて来る物音がし始めている。

その音が近づいて来れば来るほど、庭の中でうごめいていた黒い影が、昇る日に追い払われる闇夜のように、すうっと姿を消して行った。

そして最後に残った黒装束のひとりが、東雲《しののめ》の透き通った光の中に輪郭《りんかく》を現し、しばらくじっと平八郎を見つめながら、やがてどこかへと消え去って行った。

(穴山さま。いつかまたお会いする機会があれば、お聞きしたいことがございます)

平八郎はそう思いながら、いつまでも黒い影の行方を追っていた。

「助かったあ……これでやっと幕引きだぜ」

と忠治が言った。

老中の手の者だという集団の長《おさ》らしき男が、

「くれぐれも礼を述べよとのお言葉でした」

と言った。

「よくぞ頼み通りに動いてくれた。礼を言うとまでおっしゃっておられました」

「そうですか」

それだけ言葉を交わすと、老中が差し向けた侍たちは、本物の矢車格之丞や用人、そして警固の者たちに縄をかけ、どこぞへ引き立てていった。

忠治がへなへなとその場に座り込みそうになりながらも、かろうじて踏ん張って言った。小春の目の前で、少しでもいいところを見せておきたいのである。

「八重。でえじょうぶか」

「だいじょうぶさ。兄さんこそ、血が出てるじゃないか」

「えっ？　どこどこ」

「おでこだよ」

「えっ、あっ、ほんとだ。ちきしょうめ」

強がりを言いながら、自分の手のひらについた血を見て、忠治はまた顔面蒼白《そうはく》となっている。

「小春ちゃん。蜻蛉くん。だいじょうぶですか」

忠治が妹に額の血を拭ってもらいながら、間抜けな声を上げた。

疲れ切った様子の松五郎は、柱を背にして座り込み、その傍らでは市もまた、手にした牛刀をだらんと下げながら荒い息づかいで立っており、偽の平八郎にいたっては、畳の上に大の字になって倒れ込んでいた。

「ようやく」

治兵衛が、平八郎から手渡された脇差を鞘に納めながら、

「一件落着ですな」

と、ほっとした様子で言った。

だが平八郎は頭を振る。

「いえ。まだあります」

「は？」

治兵衛が思わず怪訝《けげん》な顔をして平八郎の顔を見た。

「そこのふたり」

平八郎は、塊となって座って震えている下男下女のもとへと近づいて行った。

「どうかしたのかい」

忠治がおかしな雲行きに気づいて近寄って来た。

「そこのふたり」

平八郎が、足もとの男と女をじっと見ながら声をかけた。

「富蔵さん。そしておたねさんですね」

えっ、と息を呑む治兵衛と忠治の気配がした。

「富蔵さん。いえ、友斎《ゆうさい》先生とお呼びしたほうがいいでしょうか」

平八郎の静かな声が響いた。

# 八

朝の光が刻一刻と力を強め、家々の陰に隠れていた闇の残滓《ざんし》を洗い流してゆく。

一行は、しばし無言のまま、道を拾って歩いた。

「いい朝だ」

先頭を歩いていた平八郎が、突然空を見上げて、大きく伸び上がった。

そしてその朝の光のように、爽《さわ》やかな笑顔を見せた平八郎がくるりとふり返り、

「友斎先生。もうそろそろ理由《わけ》を話してくれてもいいでしょう」

と言った。

「………」

千住の町医者友斎は、しばらく無言で考えていたが、隣を歩くおたねの顔をふり返った。

年は三十路《みそじ》あたりだろうか。おたねという女もまた、友斎をふり返り、こくりとうなずいた。

「話せば長くなりますが」

友斎は前置きをした後、

「そこにいる忠治さんと八重さんから聞いてご存知のことでしょうが」

「下り松の富三さんに頼まれて、富三さんと義兄弟だったという先生の親御さんが、しばらくの間ふたりを預かったとか」

「ええ……」

「しかしその親御さんは本当は実の親ではなく、先生の本当の親というのは、下り松の富三さん自身だった」

富蔵は驚いたように顔を上げ、

「そこまでご存知でしたか……」

と半ば観念したように言うと、

「その通りです。富三というのは、若い頃相当無茶をやった男らしく、とうとう八州廻《はっしゅうまわ》りから追われる身となってしまった。このままでは息子のわたしにも累《るい》が及ぶというわけで、すでに足を洗っていた義兄弟の弥平《やへい》という男に、息子として育てて欲しいと預けて去ったそうなのです」

「なるほど。そして何年かして、今度は忠治さんと八重さんを連れた富三さんが、ふたたび姿を現した」

「ええ」

「そしてしばらくすると、高崎に帰ると言い残して、また旅立ってしまった」

「はい。そのとき富三は、自分が本当の父親であることなど決して口にしなかったのですが、幼いながらもわたしは、ああこの人が自分の本当の父親なんだなと気がついていたのです」

「そして同じような境遇だった忠治さんや八重さんと仲良くなったというわけですね」

「今からふり返ってみれば」

富蔵は過去を思い出すように、遠い目をした。

「あの頃がいちばん幸せだったかも知れない」

ぽつりと富蔵が言った。

烏《からす》の鳴き声が次第に騒がしくなり、そろそろ餌《えさ》を探しに、群《む》れが集まる時刻となったようだった。

「弥平は、渡世人《とせいにん》の世界から足を洗ったとはいえ、そのままでは食って行くことができない。ましてや食べ盛りのわたしに加え、忠治さん、八重さんを抱えてしまって、どうにもならなくなってしまった。そこで……」

「盗みに手を染めたというわけですね」

「ご明察です。そして忠治さんや八重さんが、江戸で名の通った親分さんのところに引き取られてから後は、わたしにも盗みの手伝いをさせるようになった」

富蔵はそこでいったん言葉を切って、深くて長いため息をついた。

「弥平はその代わり、盗みがうまく行って金が手に入ったときには、わたしを寺子屋に通わせてくれた。罪滅ぼしの意味合いがあったんだろうと思います」

「そうでしたか」

「なぜかわたしは学問が好きで、いつもいつも通うわけにはいかないからと、かえって一生懸命に学びました。その寺子屋の先生が町医者だと知ったのは、少したってからのことです」

「それで自分も医者になろうと思ったんですね」

「はい。やっぱり子どもだといっても、盗みというのは悪いことだと勘づいておりました。ところが一方その医者は、貧乏ながら、人の命を助けている。わたしもそうなりたいと心に決めました」

「…………」

「やがて年老いた弥平が重い病にかかりました。盗みで手にした金は、みんな博打《ばくち》や酒に使ってしまいましたから、薬代なんてどこをはたいても出て来ない。しかしその先生は、金など一銭もとらずに、最後まで弥平の面倒を見たのです」

「そうでしたか。それで千住で診療所を始められたのですね」

「ええ。わたしも世のため人のために役に立ちたかった。ところが」

富蔵はもういちど言葉を切って、自分の決心を確かめるように、じいっと目をつぶっ

てから、

「しかし現実は、わたしの考えていたようなものではなかった。ひどいものでした。世の中というのはこれほどまでに残酷なものかと、医者などやめて逃げ出そうと、なんど思ったことか。金が無《な》ければ薬はおろか、医者に脈をとってもらうことさえ出来ない。じっと蒲団《ふとん》にくるまって、念じるしかないのです」

「それで阿片《あへん》に手を出したというわけですね」

「……おっしゃるとおりです。江戸の近郊に見学に出かけた富豪らしき唐人が、物盗《ものと》りに襲われて腹を斬られ、七転八倒しているところにたまたま出くわしたのです。診療所に近かったものですから、そこまで運んでくれと顔見知りに頼んで運んでもらい、傷口を消毒して包帯を巻いたが、出血がなかなか収まらない。そのうちに唐人は昏睡《こんすい》して寝てしまったのですが、夜中に目が覚めたらしく、大声で人を呼び始めた。急いで駆けつけると、片言の日本語はしゃべれるようでした。彼がわたしになにか頼んでいることはわかったのですが、大けがをしていることもあって、なかなか意味が伝わらない。そのうちに、鞄《かばん》に入っている薬を使ってくれと頼んでいるのだと、ようやくわかったのです」

「それが阿片だったと」

「ええ……わたしは迷ったあげく、彼の薬入れから丸薬《がんやく》を取り出し、彼が手振りで示すとおり煙管《キセル》に詰めて火を付けてやったのです。彼は旨そうにその煙を吸っていたかと思うと、急に苦しまなくなったどころか、顔に笑みさえ浮かべたのです」

　平八郎は顔を曇らせながら話の続きを聞いていた。

「これはもしかすると、中国ではごく通常の薬として用いられている阿片とか阿芙蓉《あふよう》とか呼ばれる内服の漢方薬の一種なのではないかと気がつきました。主に止瀉薬《ししゃやく》として用いられるそうなのですが、それを炙《あぶ》って煙を吸うなどという方法は、聞いたこともありませんでした」

「……男は死んだのですか」

「ええ。信じられないことに、彼はとても幸せそうに笑いながら死んでいったのです。それを見たわたしは、不治《ふじ》の病に苦しんでいる病人たちに、これを使ってみたらどうだろうと思いました。幸いなことに、彼の鞄の中には、相当量の薬がある。ひそかにそれを用いて、助かる見込みのない重病人に試してみたところ、驚くべき効果を示したのです」

「なるほど……しかしそれで、矢車家とはいつどこで接触したのですか」

「その後間もなくのことです。あれは文化《ぶんか》三（一八〇六）年のことだったか翌年だったか。薬はすぐに無くなってしまい、結局以前のように無力な自分に戻ってしまったことに嫌気が差して、わたしは長崎へ出ることを決心したのです。そして現地の蘭学塾《らんがくじゅく》になんとか潜《もぐ》り込むことに成功し、それからというもの、わたしは南蛮の医術を学ぶとともにに、阿片についての知識や、日本での入手方法をひそかに調べて行きました。そしてついに、裏で阿片をあつかっている商人に行き当たり、駄目だろうとは思いつつも、当たって砕けろと、唐の商人に話を持ち込んでみたのです。もちろんその場ではそんなものはあつかっていないと門前払いされてしまいました。しかしある日、わたしが宿にしていた旅籠《はたご》に、日本人の見知らぬ医者がやって来たのです」

「それが矢車家という旗本の手の者だったのですね」

「その通りです」

　苦しそうな表情を浮かべた富蔵は、

「その医者は、阿片の買いつけはすべてこちらでおこなうから、それを使って診療所で治療すればいい。これは世直しのひとつなのだから、いくらでも協力しようと申し出てきたのです」

　と続けた。

「貴方《あなた》はその申し込みを受け入れた」

「ええ……もがき苦しんでいる人々を救えるのならと、藁《わら》にもすがる思いでした。まさかその時は、その医者が持ち込んでくる薬が、阿片の吸引などよりさらに強力な薬であるとは思いもしませんでした。いまだにその薬の正体は不明です。しかも阿片の吸引は異国ではご法度《はっと》で、我が国の幕府も厳重に警戒しているからと聞くにおよんで、その医者が勧める丸薬を用いることを決心したのです」

「しかしそれは、死ぬ間際にあった患者の苦痛をとりのぞくのに、大いに効果があった」

「ええ……しかしそれを使い始めてから、どこから聞いてくるのか、次第に診療所を訪れる人間が増えてゆき、収拾がつかないありさまとなってしまいました。しかもそのうちに例の医者が、『事情があって金が尽き、これ以上の援助はもはや不可能となった。もし薬を手に入れたければ、自分で稼いで、その金で薬を仕入れてくれ』と言い出したのです」

「なるほどありそうな話です」

　平八郎は眉をひそめた。

「ひとりでも多くの人間を救いたいと思っていたわたしは、もはや引き返すことなど考えもしませんでした。それどころか、医者が示唆《しさ》したようなやり方で、病人ではあり得ないような人間にも丸薬を売り、その代金で薬を仕入れ、金持ちからは多くの金をとり、貧乏人からは形ばかりの額しかもらわないというやり方をすることによって、自分を誤魔化《まか》したのです。ところが医者はとうとう、『こんな薬を売っていることをお上に知られたくなかったら、言うことを聞け』と、わたしを脅《おど》すようになりました。それからはお定まりのように、転落の一途をたどりました」

「矢車家の手の者が浅草の延寿屋《えんじゅや》に押し入り、主以下店の者を殺して、偽の主になれと強いられたのですね」

「その通りです……ですが、弁解にしかなりませんが、わたしもおたねも決して人さまを殺めてはおりませんし、延寿屋というのも相当な悪だったのです」

「悪？」

「ええ。どうやら矢車家とは別に、別の筋から阿片を仕入れ、それを餡《あん》こに混ぜ合わせて、傾きかけた店を立て直し、大もうけをしていたんです。しかし阿片の密売を独占したかった矢車家としては、延寿屋のような存在は許せなかった」

「そして貴方は延寿屋の鉢右衛門《はちえもん》になりすまして……」

「餅《もち》は飛ぶように売れました。ほどなくして矢車家から、浅草の店を畳んで、大金持ちの住む日本橋に店を出し直し、数十倍の高値で売れと命じられました。もはやわたしには、断る術《すべ》はありませんでした」

「なるほど……わかりました」

「しかしわたしは……」

悄然《しょうぜん》としてうつむいていた富蔵が突然きっと平八郎をにらむように顔を上げ、

「一日たりとも、一日たりとも、千住の宿に住む貧乏な患者たちのことを忘れたことはありません。日本橋の薬種問屋越中屋《えっちゅうや》さんに出入りしたのも、半分は娘さんの症状を和《やわ》らげるためでした」

「しかし貴方がその場にいなかったために、お豊《とよ》さんは命を落としてしまった」

「……その通りです。返す言葉もありません。言い訳にすぎませんが、わたしが薬を届けなければならなかった患者さんは、お豊さんだけではなかったのです。弟子をとるわけにもいかないわたしは、薬を運ぶのも、ふつうの診療をするのも、自分ひとりでこなさなければならなかった。時間さえ空けば、千住の診療所に戻って、地元の人を診《み》なければならなかったんです。まさかお豊さんが与えた薬をいっぺんに飲んでしまうとは……油断、いえ慢心していました」

富蔵はぎゅっと下唇をかんだ。

平八郎と富蔵のやり取りに口をはさもうとする者は誰もいなかった。ただ、女房おたねのすすり泣く声が聞こえていただけである。

「どうぞ」

「え？」

考えごとをしていた平八郎がふり向くと、目の前に、手首を合わせて突き出している富蔵の姿があった。

「どうぞ、お上に突き出しておくんなさい。わたしもおたねも、磔《はりつけ》にならなきゃいけないんだ。それだけの罪を重ねて来たんだ」

富蔵の目に涙が光っていた。

「旦那……」

忠治と八重が同時に声を上げて、命の恩人の息子で幼なじみだった富蔵を心配そうに見守っている。

平八郎はなぜか富蔵から目を背けて前を向くと、

「行きましょうか」

と清々《すがすが》しくも聞こえる声で言った。

「え？」

富蔵がなにかしゃべろうとしたとき、

「富蔵さん……いや、友斎先生。千住の宿には先生の帰りを待っている患者さんが大勢いらっしゃるんでしょう」

平八郎が清々しいけれども、どこか寂しさの混じった声で言った。

「だ、旦那……旦那……」

富蔵とおたねは往来の真ん中で、体を寄せ合って声を上げて泣き始めた。

「ちくしょう、ちくしょう」

涙声の忠治の声が、平八郎の耳にこびりついて離れなかった。

「平八郎のおいちゃん。出来たよ！」

　その日の昼、平八郎らの帰りを待ちわびていた常吉と伊助が、台所から飛び出して来た。

「おお。出来たか。うまく出来たかな？」

「うん。すごいよ！」

「今まででいちばんの出来だあ」

　ふたりの顔が満面の笑みで輝いている。

　行李《こうり》を下ろした治兵衛もその笑顔に釣《つ》られて、

「どれどれ。さっそく見せてもらおうじゃないか」

と、明け方まで続いた斬り合いはどこへやら、相好《そうごう》を崩《くず》したまま、台所へと入っていった。平八郎もその後に続く。

「ほうら！　見てよ！」

「見てよ！」

　平八郎と治兵衛が、ふたりに言われた通り、調理台に置かれた長い皿を見ると、そこにはみごとなまでに整った玉子焼きが、いかにもふんわりと、湯気を立てながらおさまっていたではないか。

「おお……」

十八郎と治兵衛は思わず目を丸くしていた。本職の料理人が手放しで褒《ほ》めるほどのみごとな出来映《できば》えであった。

「これをふたりで作った……のだよなあ」

治兵衛が信じられないというような顔をして、玉子焼きの周囲をぐるりと一周しながらつぶやいた。

「ははあ」

ようやく腰を伸ばした治兵衛は、

「いや、これなら今すぐにでも店に出して売れます」

「味はどうでしょう」

「もう見ただけで想像はつきますが」

治兵衛は傍らにあった菜箸で玉子焼きをつまむと、その割れ目を一瞥《いちべつ》してから、口に放り込んだ。

「ん。この味だ」

治兵衛がうなるように言った。

「この前のように砂糖や味醂《みりん》を入れすぎなかったから、甘すぎないだけじゃなく、焦《こ》げが出来ずにふんわりと仕上がった。そして中に入れたこの刻んだ鰻、味が染みてうまい。玉子がひかえめな味なのに、蒲焼きはしっかりと味が染み通っているから、それが口の中でうまく混ざって、得《え》も言われぬ味わいとなっておる。これは絶妙、絶妙」

手放しの褒めようだった。

平八郎も、ではわたくしもと言って、治兵衛から菜箸を受け取ると、う巻きを割って手のひらに載せ、見た目を改めてから口の中に放り込んだ。

「ああ……うん。旨い。お世辞抜きで旨い。よく出来た。よくやったな。ふたりとも偉いぞ」

平八郎もまた手放しで褒めちぎった。

鰻の蒲焼きは、その色といい、艶《つや》といい、形といい、一種の芸術品に近いものに発展しつつある。そうした本職の鰻職人の中にまともに分け入ったら、勝ち目などまずないと思った平八郎が、蒲焼きの見た目にはあまり関係のない一品として、鰻の玉子巻き、すなわちう巻きならなんとか作れるのではないかと考えた末の一品だった。

しかもう巻きであれば、蒲焼きと同様、店を開いて営業する必要はなく、注文が入った分だけその場でこさえて持ち帰ってもらうようにすれば、大人の力を借りなくとも、なんとかやっていけるだろうと思ったのである。

（なんとかなりそうだな）

そう思ったとたん、なんだか疲れがどっと出て来たようで、平八郎はふうと息を吐きながら、上がり框に腰かけて柱によりかかった。

「だいじょうぶですか」

「はい。いや緊張する時間が長かったせいかも知れません」

「そうでしょうとも。脳髄――ではありませんでしたな。市さんの機転で鱈《たら》の白子の塩水漬けを手に入れ、少し手を加えていかにも獣の脳みそのように見せかけ、その足でご老中のお屋敷にうかがって矢車家に踏み込むお侍さまたちの手配をし、さらにとって返して三隅楼に入って、目にも麗《うるわ》しき女性に化けておられたのですからなあ……」

治兵衛がからからと笑った。

「いやあ、お恥《は》ずかしい」

平八郎も頭を掻《か》いて笑った。

「しかしよくわかりましたな。下男下女の中に、富蔵とおたねがいることを」

「いや、意外とすぐにわかりましたよ。矢車家の屋敷に逃げ込んだ富蔵おたねは、まさか侍に扮するわけにもいかないし、まずは十中八九、下男下女になりすますに違いない。しかも忠治さんの言うのっぺら顔という表現も、ふたりを見分けるのに役立ちました。なるべく目立たない、特徴のない顔。どこにでも溶《と》け込んでしまうような印象の薄い者。玄関から台所に入って、忠治さんと話をしている間に、すぐにそれと知れました」

「さすがは若」

「なにしろこのたびの敵はあたかも蛇のような男でしたからね。こちらも蛇のように狡《こう》猾《かつ》にならなくてはなりません」

「なるほど。蛇《じゃ》の道は蛇《へび》というわけですか。あ、おっと、平八郎さまを蛇と申し上げているわけでは……」

「いやなに、蛇かも知れませんよ。しかも実は女の蛇だったりして……」

「ご冗談《じょうだん》を……」

治兵衛が、蒲団に潜《もぐ》る前に疲れをとりましょうと一杯の茶碗酒を運んで来た。平八郎は、常吉と伊助の頭を撫でながら、極上《ごくじょう》の酒で喉を潤《うるお》した。


後日――。

「ほんとに行っちゃうんだねえ」

八重がなんだか、いつもに似合わぬしんみりとした口調で言った。

わずかな日数《ひかず》ではあったが、自分がふたりの姉であるような気がしていたのかも知れない。

送り出される常吉と伊助兄弟は、富蔵、ではなく医者の友斎とおたねに手を引かれ、久しぶりに帰る我が家のことを思ってか、その日は朝から終始にこにこと笑い続けていた。

「平八郎のおいちゃん」

「ん」

「千住は近いからさ。また遊びに来るよ」

「ああ……おじさんも遊びに行くよ」

「うん。こんどは一緒に鰻捕まえよう」

「そうだな。そうしよう。それまでに毎日忘れず、料理の腕を磨《みが》いておくんだぞ」

「はい」

「これ、持って行って近所の人にあげて」

小春が風呂敷包みから菓子の入った折り詰めを見せて、また包みにしまい直した。

「へえ。どこで買ったんだい」

忠治が尋ねると、

「もちろん栄寿堂《えいじゅどう》ですよ。ねえ、友斎先生」

「げっ！　小春ちゃん、それはまずいんじゃ……」

「あら、安心してくださいな。おたねさんが丹精《たんせい》こめて作ったあんころ餅だから、ほっぺたが落ちるぐらい美味《おい》しいに決まってるわ」

「うわあ……でもなんだかなあ……」

平八郎たちも小春の悪戯っぽい口調に釣られて笑いながら、それぞれ最後に常吉と伊助に思い思いのはなむけの言葉を贈った。

「じゃあね。またね」

「おいちゃん、ありがとう」

常吉と伊助がふり返って手を振った。

「ああ。しっかりやるんだよ」

兄弟はなんどもふり返りふり返りして、手をふり続けた。

浅草の人混みにまぎれて、やがてふたりの姿が見えなくなった。

その日平八郎らは、それぞれ思うところがあったのか、昼飯におとなしく蕎麦《そば》をかき込んだ後、自然に解散とあいなった。

忠治はたまには親分とこに詰めてないとお目玉を食らっちまうからと姿を消し、八重は三味線の稽古《けいこ》をつけに本所《ほんじょ》へと足を向け、小春は三隅楼の女主人にお礼に行かなければということだった。

途中、

「少し皿を買い足したいと思いますので」

と日本橋のほうへ買い物に出るという治兵衛とも別れ、平八郎はひとり家に戻った。

そのまま二階へ上がった平八郎は、開けよう開けようと思いながら、どうしても開けることのできなかったあの文箱《ふばこ》を床の間《とこのま》の天袋から取り出すと、畳の上に置いてしばらくじっと眺めていたが、とうとう意を決したように、文箱に結ばれている浅葱色《あさぎいろ》の組緒《くみお》を解《と》き始めた。

いざ蓋《ふた》を開ける段となって、ふたたび手を止め、じっと文箱を見つめていた平八郎は、なぜか心の奥底に波立つものを感じながら、ゆっくりと蓋をとった。

中には――。

紫色の袱紗《ふくさ》に包まれた、ひとふりの刀らしきものが納められていた。

震える手でそれを握りしめ、袱紗の紐《ひも》を解いてゆくと、中から姿を現したのは、儀式用に使われる番指《ばんざし》と呼ばれる小ぶりの打刀《うちがたな》だった。

長さにして一尺六寸（およそ五十センチ）ほどの小刀は、柄糸《つかいと》から鞘、下緒《さげお》にいたるまで黒く統一されたものが用いられるのが約束事となっていたが、将軍家や大名家に拝謁《はいえつ》する際や、祝儀《しゅうぎ》や不祝儀の際にも用いられ、華美《かび》ではないが贅《ぜい》をこらした造《つく》りであった。

ところが平八郎が手にした番指の変わったところは、鍔元に近い漆塗《うるしぬ》りの鞘の両側に、梅鉢《うめばち》という家紋《かもん》が入れられていたことである。

梅鉢――それは、若くして老中首座の地位に就《つ》き、寛政《かんせい》の改革を断行した松平定信の家紋であった。

「くっ」

平八郎はついにおのれの出生の秘密を知って感極《かんきわ》まったか、番指を片手に握りしめながらもう片方の手を畳に突き、がくりと肩を落とした。

（そうであったか。だから父上と母上、そして兄上たちは……）

万感の思いが平八郎の胸に去来《きょらい》し、しばらくのあいだそのままの姿勢で、平八郎はむせび泣くのであった。


時は移ろい、厳しかった残暑もようやく終焉《しゅうえん》を迎え、朝晩めっきりと涼しくなる季節を迎えていた。

山あいの村々には蕎麦の白い花が咲き乱れ、江戸の人々の舌には、すでに新蕎麦のかぐわしい味わいへの記憶がよみがえりつつある。

やがて冬の足音が聞こえる頃になれば、江戸の人はあまり珍重《ちんちょう》しない下り鰻の季節が訪れて、一年でもっとも鰻の旨い季節が訪れる。

そんなある日、平八郎と治兵衛がいつものように台所で新しい料理を編み出そうと苦心しているところへ、あの千住の友斎が、おたねを伴って姿を現したのである。

「これは友斎どの。今日は突然またどうかなされたか」

応対に出た治兵衛が、台所の奥へと友斎を誘《いざな》いながら尋ねると、

「いえ実は、おふたりにご報告しなければならないことがございまして」

と笑みを浮かべている。

つい先日までの、あの陰気で思い詰めたような表情とは比べものにならないほどの明るさだった。

「ああ、友斎どの。お久しぶりです」

洗った手を前掛けで拭きながら平八郎が近づいて来た。

「報告しなければならないこととはなんでしょう」

「はい実は……な、お前」

友斎がおたねをふり向いて目を合わせ、ふたりしてうなずき合った。

「これはなんだか、いい知らせのような気がしますね」

平八郎が笑顔で言うと、

「実は常吉と伊助の兄弟なのですが、奉公先が見つかりまして」

と友斎が顔を輝かせながら答えた。

「えっ。本当ですか」

「はい。それが願ってもない店でして」

「店というと、やはり料理屋ですか」

「はい。それはもうふたりとも生まれつきの料理好きですから、そこに的《まと》を絞《しぼ》って、人づてにいろいろと当たりました」

「それで……」

「日本橋は葺屋町《ふきやちょう》に大野屋《おおのや》さんという有名な鰻屋があるのですが……」

「ええ。知ってますよ。芝居見物の帰りに食べに寄ったこともあります」

「実はわたくし、当時、矢車家に命じられて、金になりそうな日本橋界隈《かいわい》の商家にはほとんど顔を出しておりまして」

「はあ……」

「いやまた事件の話になると……」

友斎の顔が少し曇《くも》ったので、平八郎は慌てて、

「いえ、先を続けてください」

と取り繕《つくろ》ったところ、

「同じ日本橋の堺町《さかいちょう》で芝居小屋の勧進元《かんじんもと》をしている大久保今助《おおくぼいますけ》さんと、そんな縁《えん》から誼《ぎ》を通じるようになりまして……その今助さんに相談したら、『鰻がそんなに好きだというなら、俺がいつも出前を取ってる大野屋さんに聞いてみたらどうだ。ちょうどこないだ、人を増やそうと思っているので、修業に来てくれる若い子が欲しいと言っていた。もし俺でよかったら口を利《き》いてやる』と言われまして、ぜひにとお願いしたところ、とんとん拍子で話が進みまして」

「そうでしたか！」

平八郎は我がことのように嬉しくなった。

「平八郎さまと治兵衛さまが手ほどきなさったというあのう巻き、大野屋のご主人が感心されましてね。こんな細かい子どもたちに、これほどみごとなう巻きが作れるとは驚いた。ぜひともうちで修業をしたらどうだということになったんです」

「若。それはよかったですなあ」

ふたりを孫のように感じている治兵衛も、喜色満面といった顔つきである。

「日本橋ならいつでもおふたりにお会いできるし、兄弟も喜んでおりました。それに、ふたりにとってはあまりいい思い出も少ない千住から離れて、この江戸で新たな人生を踏み出すほうがよいのではないかと」

「ええ。わたくしもそう思います」

「ああ……平八郎さまに賛成していただいて胸を撫で下ろしました」

「いえ、わたくしからも礼を言います。ふたりのために尽力《じんりょく》くださってありがとうございました」

「い、いやいや、礼なんて……礼を言わなければならないのはわたしどものほうですから」

友斎とおたねは、ふたたび目を合わせてうなずき合うと、それでは患者がたくさん待っておりますからこれでと言って帰っていった。

「本当によかったですなあ」

「ええ。本当に」

その後、大野屋の名を一躍《いちやく》有名にした「鰻飯」は、毎日のように鰻の出前を頼んでいた今助が、冷えた鰻は旨くないし、鰻の身に保温用の糠《ぬか》がくっついてしまってとても食えたものじゃないと文句を言うのを聞いた常吉と伊助が、じゃあ熱いご飯の中に蒲焼きを挟《はさ》んじゃえば？　と思いつきを言ったのを、驚いた大野屋の主がさっそく試してみたところ、これが大当たりしたと言われているが、果たして今となっては、真偽《しんぎ》のほどは定かではない。

本作品は当文庫のための書き下ろしです。

**池端洋介**

一九五七年、東京都に生まれる。出版社勤務を経て、執筆活動に入る。

著書には「はぐれ与力」シリーズ（ベスト時代文庫）、「元禄畳奉行秘聞」シリーズ（だいわ文庫）、「小料理屋［花菊］事件帖」シリーズ（学研M文庫）、『裏長屋若さま事件帖　黒化粧』（PHP文庫）、『御畳奉行秘録　吉宗の陰謀』『御畳奉行秘録　暗闇の刺客』『若さま料理事件帖　秘伝語り』（以上、静山社文庫）などがある。

# 若《わか》さま料理《りょうり》事《じ》件帖《けんちょう》　庖丁《ほうちょう》の因《いん》縁《ねん》

2011年9月5日　第1刷発行

著者　池端洋介《いけはたようすけ》

発行所　株式会社静山社《せいざんしゃ》

編集・制作　株式会社さくら舎

東京都千代田区九段北一-一五-一五　〒一〇二-〇〇七三

電話（営業）〇三-五二一一-七二二一

（編集）〇三-五二一一-六四八〇

http://www.sayzansha.com

装画　安里英晴

ブックデザイン　石間 淳

印刷・製本　凸版印刷株式会社



ISBN978-4-86389-135-7　Printed in Japan

## 静山社文庫の好評既刊

＊は書き下ろし、オリジナル、新編集

＊金盛浦子
### 長男を弱い子にするお母さんの口ぐせ
母の禁句、父の役割

長男はなぜむずかしいのか？　子どもの自立心、依存心はどこで違ってくるのか？　長男をもつ母親が心がけるべきことと父親の役割。

630円
B-か-1-3

＊増尾清
### 「ひと手間30秒」
農薬・添加物を消す安全食事法

野菜、果物、肉、魚、加工食品、全106食品の正しい選び方と、農薬・添加物を落とす30秒の下準備や毒を消す調理法をイラストで紹介。

740円
B-ま-2-1

＊池端洋介
### 御畳《おたたみ》奉行秘録　吉宗の陰謀

尾張に奇才・文左衛門あり！　珍妙なる役職、御畳奉行の裏で、藩の極秘任務にあたる。将軍後継で幕府暗闘勃発！　シリーズ第一弾！

680円
C-い-1-1

＊池端洋介
### 御畳《おたたみ》奉行秘録　暗闇《くらやみ》の刺客《しかく》

いつもはナマクラ、たまには秘剣！　ささやかれる将軍後継の陰に美貌の女の欲望が……暗闘渦巻くなかで、御畳奉行の奥義が暴発！

740円
C-い-1-2

＊池端洋介
### 若さま料理事件帖
秘伝語り

水戸藩を脱藩。剣客ながら、江戸で料理侍として身をたてる平八郎。秘伝の水戸御留流の庖丁術とは!?　美食に群がるハゲタカどもを裁く！

740円
C-い-1-3

定価は税込(5%)です。定価は変更することがあります。